十字路口

ir cases

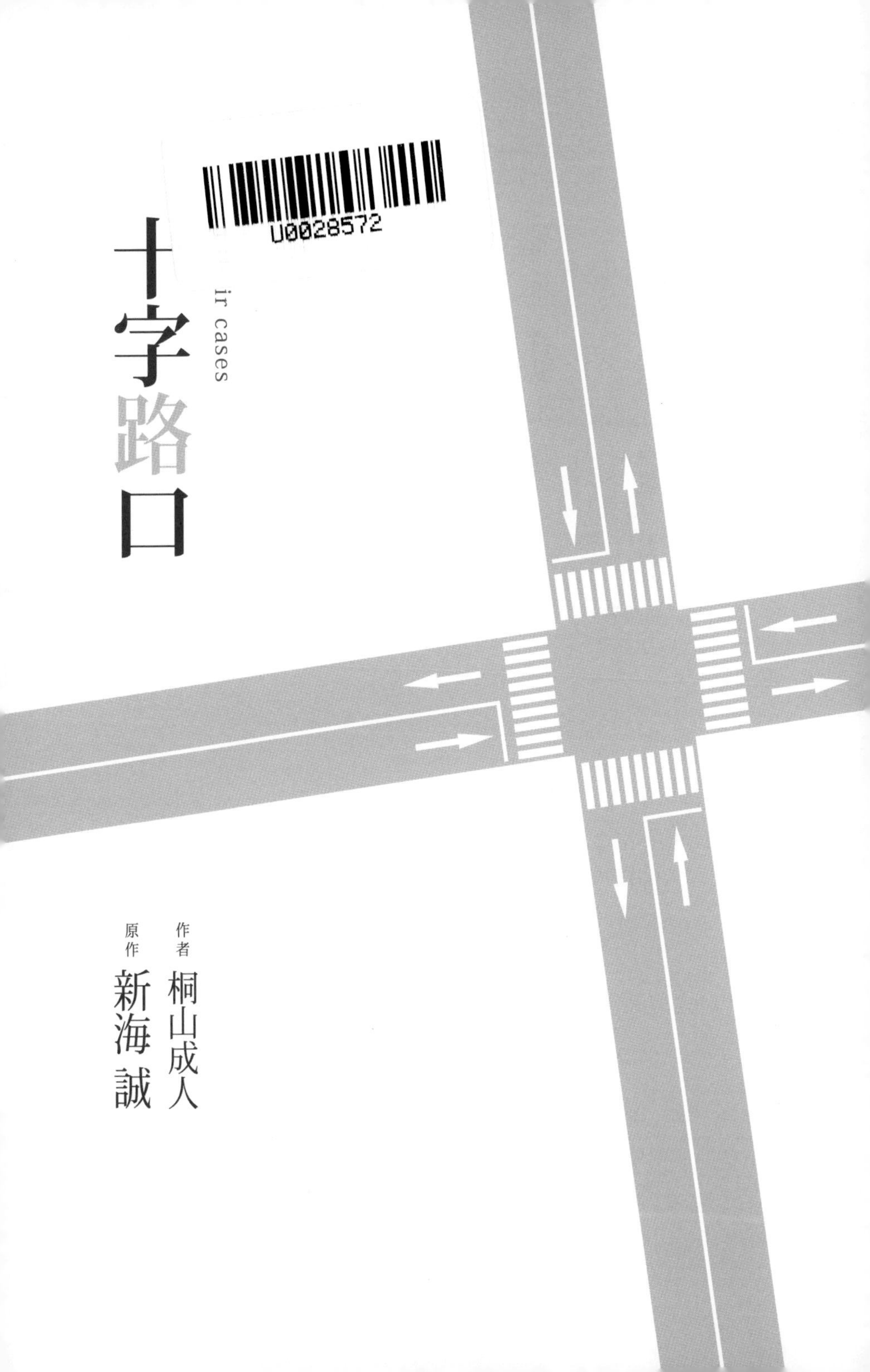

作者 桐山成人
原作 新海誠

contents

※本作品純屬虛構，內容與實際人物、地名、團體及事件一概無關。

我並不是想要追求幸福，
也不是想要什麼不變的承諾。
我只是，想前往更遙遠的地方。

「您是說……電影嗎？」
「嗯。」
我不由得用上了敬語回應，聽到我這麼問，桃谷同學一臉害羞地點點頭。
在他遞給我的信封裡，裝著剛剛創下票房紀錄，獲得全世界與我關注的某部外國電影預售票兩張。
這個意思，難道是……
「妳覺得這個星期六怎麼樣？那個……我們兩個一起去。」
果然，沒什麼難道不難道的，就是這麼一回事。
我的頭頂瞬間冒出大片汗水。怎麼辦？這邀約來得太令人措手不及了，就在放學後的垃圾場。因為我們都是班上的衛生股長，當時聽到他若無其事地叫住我，我還以為他一定是要找我商量有關於週末股長會議日期變更的事。
「倉橋同學，妳之前說過妳想看這部電影吧？」
「呃、這、那個……」
……我確實說過。
「那我們看完後順便再去吃鬆餅如何？妳應該不討厭甜食吧？」
「啊，嗯，喔……」
……何止不討厭，簡直愛死了。

「星期六沒空的話星期日也可以，選海帆妳方便的時間吧。」

「咦？可是……」

……他叫了我的名字，而且還是直呼名諱。

「當然，這些全都我請客，吃完後我們可以去逛逛街，然後再一起去——」

「等、等一下！」

聽到這串連珠炮似的邀約，我連忙想打斷他，結果從喉嚨裡衝出來的音量大得連我自己都嚇了一跳。

「……咦？」

桃谷同學滔滔不絕的語句首次出現了停滯。

「那個，電影，我……很抱歉。」

我抓住這個機會低頭深深一鞠躬，眼鏡幾乎都要從鼻子上滑下來了。沐浴在夕陽下的松林樹影將垃圾場一明一暗一分為二，我在亮處，桃谷同學在暗處。

「啊啊……這樣啊。」

在一段短暫的僵硬後，桃谷同學擠出一絲乾巴巴的聲音。

「真的，很抱歉。」

「不、不，沒關係啦，妳不用道歉。那個，是我突然提出奇怪的要求，我才應該跟妳說聲對不起，好了好了，快把頭抬起來。」

「……嗯。」

在被拒絕後還可以馬上反過來關心對方，桃谷同學真是個老實的人。

「這也不能強求啊，嗯。不好意思喔，打擾妳丟垃圾了。」

「嗯……」

……只是看看電影的話說不定也還好？

畢竟那部電影是我想看的題材，鬆餅我也想去吃吃看，況且桃谷同學人又那麼好。

「好啦，那我先走啦。」

離去的桃谷同學直到最後一刻都維持著堅強的笑容，但是他的背影卻與他的表情恰好相反，誠實得令人心酸。

不行，不能就這麼讓桃谷同學走掉，我得告訴他，我得告訴桃谷同學才行……

「桃谷同學。」

「咦？」

被我叫住後，桃谷同學嚇了一跳，他轉過身來，原本沉浸在失望中的雙眸裡亮起微弱的希望之光。我正面凝視著桃谷同學的眼睛，說——

「週末的衛生股長會議改到明天的午休時間了。」

「咦？」

「……要記得來喔。」

「會議……?」

現在或許不是傳達聯絡事項的最好時機吧，我從來沒看過有哪個衛生股長會用這麼悲傷的表情接收業務聯絡。

可是、可是，會議就在明天啊。

況且，有事情的話就應該要越早說越好……

「我知道了，那，明天見……」

桃谷同學垂頭喪氣地邁出步伐，臉上的笑容再也掛不住了。

對不起，桃谷同學。

該怎麼說呢……我這個人就是這副德行，對不起。

╳

「啥?妳拒絕了?」

回家的路上，我像往常一樣牽著腳踏車，走下染上夕陽餘暉的坡道，結果擅自坐上後座的千尋卻大聲嚷嚷了起來。

「為什麼啊!」

她人小小一隻，卻只有那道嗓門萬夫莫敵，尖銳的聲音震耳欲聾。

「還能為什麼，這也沒辦法啊。下來啦，妳好重。」

「哪有什麼沒辦法的！」

我將腳踏車一歪，千尋就甩著她的馬尾從後座上跳了下來——

「海帆，妳不是說過妳想看那部電影嗎？也說過妳想吃鬆餅。」

並且伸出食指指著我。

「……果然是千尋洩漏了我的情報。」

我才正在納悶，我個人幾乎沒有跟桃谷同學說過話，他卻對我的喜好瞭若指掌。

「是啊。啊～啊，難得我還幫忙助攻呢～」

千尋挺起胸膛，一點愧疚的樣子都沒有。

「什麼助攻啊！不要隨便洩漏別人的個人情資好不好！」

「呃，對不起，海帆，因為桃谷同學一直拜託我……」

我原本是想警告一下千尋的，結果卻聽到一句道歉自後方傳來。

「咦？萬結妳也是共犯嗎？」

轉頭一看，只見綁著兩條低馬尾，讓原本就下垂的雙眼顯得又更下垂了一些的女孩一臉抱歉地在眼前雙手合掌。

「嗯、嗯，我想說你們都是衛生股長，兩人應該很相配吧，於是不小心就說了。海帆妳該不會不太喜歡桃谷同學吧？真的很對不起～」

「沒有啦，我並沒有不喜歡他……」

看到萬結露出這種表情，我也沒辦法再多說些什麼了。活潑、充滿行動力，卻很粗枝大葉的千尋，以及相當為朋友著想，最討厭與人起爭執的萬結，我們這段自高中入學以來已經邁入第三年的關係，就是這樣長年保持著絕佳的平衡。

「啊～啊，不過真的好可惜喔～畢竟妳既想看電影，又想吃鬆餅，男方還是個帥哥，完全沒有拒絕的理由啊。」

千尋數著手指，用責難的視線看向我。

「……我有拒絕的理由啊。」

「什麼理由？」

我原本只是自言自語而已，沒想到卻逃不過千尋的順風耳。

「啊，沒有，這個嘛……」

「什麼理由，海帆？妳果然不太喜歡桃谷同學嗎？」

萬結也擔心地瞧著我的臉。

「不是啦！只是……」

在兩人的視線包夾下，我有點含糊地——

「……電影不是要等雙方交往之後才能一起去看的東西……嗎？」

小聲這麼說。

「出現啦——！」

她們兩人突然抱頭大叫。

「妳們是什麼意思啊！」

「我們的意思是說，海帆的認真魔人屬性出現了！真是夠了耶，妳不管過幾年都依舊是那個認真魔人眼鏡妹。」

千尋往我的背上一拍。

「好痛！我不是說過，不要再用那個綽號叫我了嗎！」

「啊～不要碰我，認真魔人眼鏡妹，死腦筋會傳染的！」

正當我舉起手來準備還以顏色時，千尋發出了誇張的尖叫聲，又重複了一次那個詞——認真魔人眼鏡妹。

「欸，不可以這樣，千尋，不可以說這種話！認真也是海帆的優點啊。」

……妳講的好像這也是我的缺點一樣，萬結。

「就是因為這種不知變通的性格，海帆才會一直無法決定志向啦。」

千尋躲在書包後面嘟起嘴巴。

「啥？妳說這是什麼話？這和那是……兩碼子事吧。」

在無法強烈否定這句話的同時，我其實也有那麼一點自覺。

於這陣冷不防降臨的沉默中，一陣微弱的汽笛聲傳入耳朵，俯瞰下方，只見斜陽照射下閃閃發光的瀨戶內海上，交通船劃出一道白浪。

我們就讀的大崎三島高中是所饒富自然魅力的公立學校。

說得難聽一點就是所鄉下高中。從位於小山丘上的校舍放眼望去，首先映入眼簾的是正面的瀨戶內海，然後是山、旱地、農田、河川與陂塘，其間錯落著稀稀落落的人家與店家，水、樹和土占據景色百分之六十的比例。

然而，正因為這裡是這種鄉下地方，所以自治團體具有強烈的活化本地意識，在我們這所高中裡，校方也是盡可能不讓學生在畢業後成為遊手好閒、無所事事之人，因而徹底執行升學與就業指導……話雖如此。

「到現在還沒決定未來出路的人就只剩下海帆囉，妳到底想怎麼樣啊？」

「嗯、嗯。」

都六月了，我卻還無法決定要就業還是升學。

書包裡，遲遲無法提交的志向調查表上依舊是一片空白，而它已經在我的書包裡沉睡了將近兩個月。

「快點選一選啦，再拖拖拉拉下去的話，兩邊都會來不及的。」

千尋無奈地說。

「這種事我也知道啊，可是，哪有那麼簡單說選就選……」

「就是有那麼簡單。海帆妳很會念書，只要跟我們一樣選擇升學就好了啊。」

「就算選擇升學，上了大學之後要做什麼？若是對於將來完全沒有規劃的話，那就無法選擇大學……」

「啊啊，死腦筋死腦筋死腦筋死腦筋死腦筋！」

「痛痛痛痛！」

千尋每說一次「死腦筋」就往我的額頭上敲一記——

「妳給我坐下，認真魔人眼鏡妹。」

接著，她放下腳踏車的腳架把車立好，叫我坐在坐墊上，然後又再次用食指指著我——

「妳聽好了，海帆，所謂的大學呢，只要往感覺能上的那幾間隨便填填就好了，上大學就是為了要玩四年嘛。」

吐出了恬不知恥的謬論。

「哇啊，這話講得好過分！讀大學可不是免費的，妳不覺得對不起父母嗎？」

「妳呀，死腦筋——」

「好痛！真是的，不要敲我啦。」

「女人啊，這麼一本正經可是得不到幸福的。」

「妳這話什麼意思嘛，我又不是——」
「好了好了，妳們兩個別吵架。」
萬結察覺到氣氛有點危險，迅速地介入調停。
「萬結妳也說說這個認真魔人眼鏡妹幾句啊！」
「為什麼要說我？我又沒說錯，對不對，萬結？」
「咦？咦咦？這……」
萬結就這麼夾在中間成了夾心餅乾，她戰戰兢兢地來回看了看我和千尋的臉——
「海帆妳會不會有點、想太多了……？」
然後苦笑著這麼說。
「耶咿～萬結站在我這邊～」
「不會吧，萬結！」
萬結說起來應該要算在比較正經的類型裡，可是就連她也贊同千尋的說法。
「不要露出那種表情嘛，海帆，我當然也明白海帆妳的心情啊。」
我現在臉上究竟是什麼樣的表情呢？萬結一臉慘白地搓了搓雙臂。
「不過呢，也有人是因為對未來沒有方向所以才選擇升學的啊，這樣既是為了拓展自己的可能性，學歷也有利於就業。」
「哦！妳說出了一句好棒的至理名言，萬結說出了好棒的至理名言啊！」

千尋一副神氣活現的樣子指著萬結。

「可能性啊……」

「將來的事也可以等進了大學之後再考慮呀。」

說完，萬結在我的腳踏車後座上坐了下來。

「……嗯。」

可能性——這個打從升上高三起就聽到耳朵快長繭的字眼。

「可是，這樣不就只是把抉擇的時間往後拖延而已嗎？我總覺得這種做法像是在逃避思考、選擇一條比較輕鬆的道路一樣。第一，如果是為了就業而進入大學的話，那就更應該先決定日後想走的行業，進入該領域比較強的大學——」

「夠了，妳這個人怎麼這麼囉嗦——！不要說那些我聽不懂的鬼話，認真魔人眼鏡妹！」

我明明就沒有說什麼會讓人聽不懂的話，千尋卻突然大叫著跳上腳踏車的踏板，腳架順勢彈起，就這樣滑下坡道。

「喂！妳做什麼啦，千尋！」

而我和萬結還坐在前後座上。

「太危險了，快停下來，千尋！」

「少囉嗦，妳陪我一起，萬結，這是要矯正某人的死腦筋，要衝囉——」

大概是覺得我們的尖叫聲很好玩吧，千尋更使勁地踩動踏板，承載著三個人的腳踏車就這樣以猛烈的速度飛馳過坡道。

「太快、太快了！快停下來，千尋！」

「怎麼樣啊，附身在海帆身上的認真魔人眼鏡妹啊！這下妳想從海帆的身體裡滾出去了吧！」

「不要鬧了，快點慢下來！這輛腳踏車的煞車不太靈敏，轉彎會彎不過去的！」

在這條坡道的最後一個彎道前方，有口農業用的蓄水池正張著血盆大口等著我們。

「怕什麼！就讓妳見識一下我絕妙的過彎技術！」

「不要，千尋，妳這笨蛋——！」

腳踏車不斷加速，轉眼間已逐漸接近水池，雖然千尋叫我睜大眼睛好好見識，但是我根本不敢繼續看下去。我閉上眼睛，接著，身體浮了起來。再度睜開眼睛的那一瞬間，特大號的水花覆蓋了我的整片視野。

「——！」

我們連尖叫的時間都沒有，就這麼沉進水底看泥巴去了。

認真。

這個字不知道從何時開始變成了一種貶義詞。

從小視力就不好的我，在上小學的同時，也開始了戴著眼鏡的每一天。雖然過去似乎也曾有過「戴眼鏡＝認真的資優生」這種印象蔚為主流的時代，但是現在的小學生戴著眼鏡走在路上只會先被懷疑是不是遊戲打太凶了。「戴眼鏡＝不認真的電玩宅」，我被這種毫無根據的批評激起了反骨心，於是自發性地將認真二字定為自己的人生規範，這是發生在我小學一年級的事。

只不過，就如同戴眼鏡給人的印象會隨著時代改變一樣，「認真」這個詞的評價也隨著歲月變了一個樣，這讓我感到很震驚。這個特質被人褒揚、受人尊崇的時代只到我小學畢業為止，上了國中之後，它成為一個讓人覺得有點刺刺癢癢的稱號，到了高中三年級的現在，它甚至變成一個代表著新品種妖怪的隱語。

順便一提，做為該妖怪的驅邪儀式之一環，我就這樣和朋友三貼著衝進了蓄水池裡，如今則是全身溼答答地推著腳踏車走在路上。

為什麼不惜這麼做也要矯正我的認真呢？我完全無法理解，我……………認真又有哪裡不對了啊！

我將溼淋淋的腳踏車停進渡輪乘船處的腳踏車停車場後，四處張望了一下。確認沒有旁人會看見後，我使勁擰乾不斷滴水的裙襬，兩次、三次，正當我的膽子漸漸大起來，準備再擰第四次的時候，候船室裡出現了一位大叔，我連忙放下裙子蹲了下來。

千鈞一髮啊。裙子還在滴水滴個不停，我只能死了這條心，放任水滴打在柏油地面上畫出一個又一個的圓點，並且朝著碼頭走去。

渡輪乘船處有兩座碼頭，一座提供航行至外海的長距離船隻使用，另一座則是往來巡迴於姬座五島的班輪用的。一艘小而整潔的渡輪已經停靠在班輪搭乘處，正面沐浴在夕陽下等待出航時間到來，一隻海鷗浮在船頭附近的水面上，露出一臉奇怪的表情。今天的瀨戶內海依舊風平浪靜。

「喂，海帆，妳那副德行是怎麼搞的？妳跳進海裡了嗎？」

一上船，我就被在甲板上引導乘客的爸爸問話了。

「啊，嗯，發生了一點狀況。爸爸，借我條毛巾。」

「喔，拿去用吧。」

爸爸二話不說馬上答應，然後把他掛在脖子上那條皺巴巴的破布拿給我。

「呃，這個有點……」

「啊？怎樣啊！妳不想跟老爸用同一條毛巾嗎？青春期就是這點麻煩啦。喂——小米，來幫我代一下班！」

老爸似乎從我的苦笑中洞察了一切，他對正在甲板那頭吞雲吐霧的同事怒吼了一聲，打開掛著「禁止進入」牌子的鐵柵欄，消失在駕駛艙裡。

「怎麼啦，小海帆？整個人溼答答的，妳掉進海裡了嗎？」

和爸爸穿著同樣淺藍色船服的米元先生笑嘻嘻地爬下舷梯朝這邊走過來，對於海上男兒來說，除了海洋以外的水似乎都不能算是水。

「喂，海帆，這條總可以了吧？妳到二樓去待著，不要把座位弄溼了！」

從駕駛艙回來的父親從鐵柵欄的另一頭把捲成一團的毛巾丟給我。

「謝……嗚噗！」

丟得太快了吧！

我撿起重擊臉部後掉落在甲板上的毛巾，先動手擦起頭髮。

其實我比較想癱在一樓的座位上，不過船長此刻正在眼前盯著我，於是我只好無可奈何地爬上通往觀景席的鐵梯。

露天的二樓甲板上被十人左右的乘客塞得滿滿的，其中有幾組看起來像是觀光客的中老年人團體，以及一名抓著欄杆俯瞰碼頭、感覺像是攝影師的大叔。

那些中老年人團體不時偷偷瞄一眼我這副溼答答的模樣，讓我感覺很丟臉，至於那名剛才差點被他看到裙底風光的攝影師則是讓我感覺超級丟臉，於是我盡可能地與那位戴著棒球帽的攝影師大叔保持距離，自己偷偷摸摸地坐到管狀長椅上，不過那位大叔似乎完全沒有注意到我，而是專注地看著渡輪離岸的過程。

真不可思議，這幅對我而言再平凡不過的風景，在這位大叔的眼中看來卻是一場壯觀的演出，疑似攝影師的大叔一直動也不動地站在原地，直到渡輪離開碼頭、掀起陣陣白浪向前駛去。

我出生、成長於姬座一之島上，這座島距離本島有二十分鐘的船程，也就是所謂的離島。它在姬座五島之中雖然是人口最多、面積最大的一座島，但是教育機關就只到國中而已，因此我得每天像這樣搭乘父親駕駛的渡輪到本島的高中上課，渡輪的班次為一小時一班，早上要是錯過了一班就肯定會遲到，不過和島上的人口相比之下，這班次似乎還算多。

『感謝您今天搭乘姬座輪船。』

渡輪穿過防波堤、離開港灣之後，船上常備的喇叭像往常一樣開始播放船長的船上廣播，而我則是自顧自地在胸前雙手合十，向海神祈禱起來——希望您保佑爸爸今天不要亂講話。

『本船為姬座五島巡迴船，預定將在十七點二十五分抵達姬座一之島。此外，為您掌舵的本人乃倉橋泰三，今年四十三歲，目前肩負著妻子和次女的生活、載著觀景甲板上溼答答的長女駕駛中。』

……今天老天爺還是沒聽見我的祈禱，觀景席上爆出一陣哄堂大笑。

老爸這混蛋真是的！我明明就跟他說過好幾百次，叫他不要用廣播來開玩笑了。

我低下頭等待觀景席上久久不斷的竊笑聲過去。

『欸～各位乘客請看，目前位於我們右手邊前方的是神座島，這座島上供奉著姬座五島的守護神，在它旁邊的則是著名觀光景點劍玉（註1）岩，請各位好好欣賞神明以夕陽為球打造的遊戲吧。』

不知道是不是感覺到女兒的怒火了，爸爸的廣播突然變得正經起來，與此同時，那群中高齡的團體中有一個人興奮地指著海，攝影師則是開始按起了快門。

……這裡離拍攝點還遠得很呢。

我抬起頭來，看見劍玉岩的岩體尖端掛著橙色的夕陽。

註1　又名「劍球」，日本民間的傳統民俗遊戲，劍為十字形的木頭部分，玉為用繩子與劍相連的球體。

劍玉岩，正式名稱為犬座島，乃是一座位於本島與一之島之間的無人島，在潮差極巨的瀨戶內海海潮侵蝕下，島形變成十字形，看起來有如劍玉之劍一般，故有了這個別名。每日中會有一次，代表著劍玉之玉的夕陽會落在島的尖端上，完成這件神明的玩具，此處被指定為縣定觀光名勝景點之一，對於沒有其他代表性名產的姬座五島而言，它是能夠保障觀光收入與頻繁的渡輪班次之令人感恩的守護神。

渡輪會從連接本島與一之島的最短路徑上稍微繞點路，在島嶼與夕陽位置剛好重疊的地方放慢速度，這部分要適時調整，同時又要確實遵守航行時間，爸爸過去當漁夫所鍛鍊出來的技術絕不是蓋的。

不過這股欽佩之情只持續了那麼一下下，喇叭中又再次響起惡夢般的船上廣播。

『這就是姬座引以為傲的劍玉岩，各位乘客覺得如何呢？神之岩最適合搭配演歌，那麼就請各位聆聽我為您獻上一首——大鳳五郎的「男兒海」。』

你在幹什麼啦，老爸！幹麼裝出一副ＤＪ的樣子播放音樂啊！快住手，等一下絕對會被罵的！

然而，當事者完全不顧女兒的憂心，喇叭中開始開心地響起不該出現在船上廣播裡的超級演歌味前奏，隨著前奏響起的，還有爸爸荒腔走板的破鑼嗓門——

『大～～～海啊～～～～～♪』

為什麼是老爸你自己在唱啊！不會吧，他開始唱起卡啦ＯＫ了，大家都知道我是他女兒了他還這樣……！周圍的竊笑聲變成了大爆笑，我受夠了，千尋也好，老爸也好，怎麼每個人、怎麼每個人都這樣……！

「你給我認真一點啊！」

然而，沒有人聽到我發自內心的呼喊，老爸的現場卡啦ＯＫ秀令人傻眼地繼續進入了下一首。

×

「我回來了。」

打開玄關大門後，從廚房飄來的味噌香氣稍微緩解了我的焦躁。

「啊，姊姊，妳回來了。」

結果好心情只持續了幾秒鐘，妹妹在起居室裡四腳朝天地仰躺著看雜誌的模樣就又再度觸及我的逆鱗。

「『妳回來了』個什麼勁啊，千帆，怎麼不去幫媽媽的忙？」

「不要，我好累。」

千帆躺著回答。

「小學二年級的學生有什麼好累的？聽話，快去幫忙。」
「不要，我今天已經幫過了。」
「少騙人了，我要生氣囉，千帆。」
我揪起妹妹的T恤衣領。
「妳放手啦，很難過耶！媽——媽——！」
「欸！妳們在吵什麼吵？」
聽到聲音，媽媽一邊擦著手一邊從廚房現身。
「媽媽，姊姊在亂發脾氣啦～」
就在這一瞬間，原本一動也不動、彷彿在榻榻米上生了根似的千帆一躍而起，巴住了媽媽的腰。這傢伙，居然立刻就想把媽媽拉到自己那一邊去。
「明明就是不肯幫忙的千帆不對。」
「妳看妳看，她又在生氣了，媽媽。」
「千帆！」
「好了好了，這點小事就算了吧，今天不用幫忙也沒關係，事情我早就已經都做完了。」
媽媽也真是的，為什麼那麼寵千帆呢！明明就是千帆自己說要每天幫忙做一次家事的！

「妳那是什麼表情啊，海帆，好了好了，妳先去洗澡。啊，對了，有妳的郵件喔。」

「郵件？我的？」

「是一個叫做什麼會的寄來的，那是粉絲俱樂部還是什麼？」

「不會吧！Z會的資料寄來了！那不是粉絲俱樂部啦，我不是跟妳說過那是函授課程嗎？東西在哪裡？」

「在這裡。」

千帆笑容滿面地遞出她剛才在看的雜誌。欸不對，那不是雜誌，而是……

「Z會的宣傳手冊？千帆妳為什麼拆我的郵件？」

「呃……有什麼關係嘛，反正又不是信，況且是千帆從郵箱拿回來的。」

「有關係，笨蛋！」

我一把奪過資料，生氣地罵她。

「哇啊——姊姊罵我——」

結果千帆像是突然引爆般哭了起來，這傢伙又來了，每次都以為只要哭就能解決事情。

「海帆，不要吼千帆。」

媽媽摸著千帆的頭瞪了我一眼。

「為什麼啊？明明就是千帆的錯！」

「妳是當姊姊的人。」

「算了！」

我一陣火大，衝出了起居室。

「等一下，海帆！」

我無視媽媽的攔阻，跑上吱嘎作響的樓梯，摔上房門後，把書包一丟，穿著尚未乾透的制服直接撲到床上。

笨蛋。

笨蛋笨蛋笨蛋笨蛋笨蛋笨蛋笨蛋笨蛋笨蛋笨蛋笨蛋。

我真是個笨蛋。

為什麼要罵千帆是「笨蛋」呢。

明明就是千帆幫我把郵件拿回來的，千帆明明就有幫忙做家事，就算她擅自拆開了我的郵件，罵她「笨蛋」也絕對太過分了。

「啊啊，真是的。」

對自己的厭惡宛如嘔吐感般湧上，為什麼呢？為什麼我最近總是這麼焦躁呢？因為遲遲無法決定未來走向？還是因為太過認真被人取笑呢？

『女人啊，這麼一本正經可是得不到幸福的。』

千尋所說的話在我的腦海中重新響起。

「我又不是想要追求幸福……」

這是當時沒能說完的那句話，我只是……

我從床上爬了起來，從窗簾未掩的窗戶向外眺望五島的海。

夕陽照耀下的劍玉岩，在二之島與三之島的海峽間，爸爸掌舵的渡輪彷彿拖著一串刷毛般翻起白浪，今天的天氣晴朗，遠方的地平線上有一艘大型油輪的船影。

——想前往更遙遠的地方。

這個想法自內心深處湧現。

從小到大，我從這扇窗目送各式各樣的船隻來來去去，其中有爸爸的渡輪、有漁船，也有要前往遠洋的船隊。大概是由於這個緣故吧，我從小就一直嚮往著遠方，不是這裡的某個遠方，嚮往著能去到一個比在水面上拖曳出一條線的那條船、比飛越島嶼的那些鳥兒、比落入地平線的夕陽、比從這扇窗子所能望見的地方更遠更遠的遠方去看看。

……然而，眼下的我卻連眼前要走的路都無法決定，我究竟想往何處去呢？

「制服……得洗一洗才行。」

我脫下還殘留著溼氣的制服背心，拉下裙子的拉鍊。

我開始討厭起連在這種時候都這麼在意制服髒汙的自己，不管怎麼說，待會兒還是去跟千帆道個歉吧——就在我這麼下定決心的時候。

「姊姊！」

房門突然被人打開。

「剛才擅自看了妳的信，對不起。」

是千帆，千帆在門口深深地鞠躬道歉。

……是媽媽，媽媽有確實地替我教訓過千帆，而千帆也還沒來得及擦乾眼淚就來跟我道歉了，妹妹勇敢的模樣讓我忍不住想緊緊抱住她，不過——

「不是跟妳說過進房間前要先敲門嗎，笨蛋！」

因為我還只穿著內衣，所以當下的首要之務仍然是先發脾氣。

×

「海帆，妳最近是怎麼了？」

吃晚餐的時候，我一直害怕的問題終於還是被問起了。

烤魚、燉蔬菜、豆腐與姬座的昆布，圍繞著這頓純和風晚餐的倉橋家中升起一陣微微的緊張。

「沒怎麼啊？」

我拿著筷子去夾烤魚，同時迅速地開始全力裝傻。

「我看妳這陣子一直都很焦躁。」

然而媽媽已看透了一切。

「沒這回事。千帆，幫我拿醬油。」

「……」

「千帆？」

「不要，妳會罵我。」

「千帆！」

「給我適可而止！」

慘了，媽媽把筷子放下來了。

「……對不起。」

我該道歉。這句對不起雖然是勉強擠出來的，但是終於能夠說出來，讓我的心情稍微輕鬆了一點。

「姊姊，我也對不起。」

為什麼妳也要道歉呢？妳覺得我們是一起被罵的嗎？千帆眼角含著淚把醬油遞給我，看到她這個樣子，我噗哧一笑，蹭了蹭她的腿，千帆癢得身體亂扭。

「海帆，媽媽並不是希望妳道歉，而是希望妳能告訴我。」

看著這兩姊妹的樣子，媽媽再度拿起筷子。

「告訴妳什麼？」

「妳在煩惱些什麼呢？」

……為什麼媽媽會知道？

「媽媽怎麼可能不知道呢，妳和妳爸簡直是一個模樣，有什麼事情馬上就全部寫在臉上了。」

「哎喲，不要講這種奇怪的話啦！」

「喂，什麼叫做奇怪的話啊，海帆，像妳的親生父親有那麼討厭嗎！」

在這之前一直保持沉默的爸爸把空了的杯子往矮餐桌上用力一放。醉漢的聲音和動作為什麼都這麼吵啊。

值早班的日子裡，爸爸回來後通常就會馬上開始小酌一杯，等全家人在餐桌旁到齊時，他已經完全喝茫了，爸爸這個人平時就已經夠吵了，再加上酒精催化之後，會變成什麼樣子我根本不敢想像。

「唉～情何以堪啊！我養妳養到這麼大～還開了條全新的毛巾借妳用，結果這個親生女兒卻說出這種話！唉～情何以堪啊，我乾脆去跳海算了。」

這簡直就是惡夢了。

「我知道我知道，你小聲點。」

「少囉嗦，妳閉嘴，由紀子！」

媽媽往空杯裡倒燒酒，試圖讓爸爸安靜下來，卻還是擋不住情緒上來了的爸爸。

「妳聽好了，所謂的高中生啊，就是煩惱一堆啦！這個年紀的人就是會想認真地去煩惱戀愛啊青春啊這種沒營養的鳥事！」

什麼叫做沒營養啊！老爸你的船上廣播才是我最大的煩惱主因啦！

「妳聽好了，海帆，去煩惱！用力煩惱！煩惱就對了！有些事情只要死命地去煩惱就好了！沒錯，我高中的時候啊……」

啊啊，又是這種模式，爸爸每次喝醉酒都會裝出一副準備要傾聽別人說話的樣子，最後卻只顧著講自己以前的事情，我就是討厭他這樣。

「好好好，我會找一天把你那些當年勇寫成一本自傳的，現在我比較想聽海帆說說她的事。說吧，海帆。」

相較之下，媽媽無論何時都會認真聽我說話，我最喜歡媽媽了。我把飯碗放回矮餐桌上，靜靜地將筷子擺好放在飯碗前。

「其實是……關於未來出路的事。」

「妳不是要升學嗎？妳要去上那個什麼紅會的課吧？」

「是Z會。這部分其實我也有點煩惱。吶，我真的可以升學嗎？」

「咦？」

我下定決心這麼說了之後，爸爸和媽媽同時驚訝地瞪大了眼睛。

「妳怎麼會問可不可以……欸，老公。」

「哦？喔。」

然後，他們交換了一眼別具深意的眼神。

「我說啊，海帆，如果妳是在擔心錢的問題，那個我們會想辦法……」

「我不是這個意思！我是在想，那個，我是為了什麼而要去上大學的呢？雖然千尋和萬結跟我說，上大學是為了去玩四年，又或者是為了將來，總而言之去就對了，但是這樣真的好嗎？升學畢竟也算是決定了某種程度的人生，而我實在沒辦法用一句『總而言之去就對了』的態度決定我的人生啊！」

我原本沒打算說這麼多的，可是一時衝動說溜嘴後，話卻停也停不下來，結果我就把心裡所想的事情全部都吐個一乾二淨了。

「海帆，妳……」

爸爸用完全喝懵了的遲緩聲音說——

「是真的在煩惱啊。」

然後徐徐地拿起遙控器，把電視機的音量往上調高了兩格。

「關掉啦！為什麼要把音量調高啊！」

「啊～不知道啦不知道！聽妳說是芝麻綠豆大的煩惱，我還以為不過就是男人或朋友怎樣怎樣的，結果都是些什麼亂七八糟的。交給妳老媽啦，我要來看體育新聞了，哦！甲子園的預賽開打啦！」

「爸爸！」

真是不可置信，與跟女兒談人生比起來，高中棒球的預賽比較重要嗎？絕對不像，我跟這種高中棒球痴絕對一點都不像！

身體透支，從遠洋漁業的船隊中退下來的父親，當時突然瘋狂迷上的東西正是高中棒球。

在此之前，他對高中棒球向來是抱持著「打得那麼爛，能看嗎？」的態度予以恥笑的，結果看過一次現場後就成為高中棒球的俘虜，回來時已經徹底發現了甲子園的魅力，並表示：這和一年進行一百五十場賽事的職棒不同，輸掉一次就出局的高中棒球每一場比賽都是感動與青春的戲劇。

「哦哦，千帆妳看！速水在拍商業特輯！」

「真的嗎？有河北嗎？」

順便一提，打從懂事就開始接受菁英教育的千帆也徹頭徹尾地被養成老爸所希望的模樣，如今已經以一介小學生之齡，成長為一個會對素昧平生的東京高中怪物新星小鹿亂撞的高中棒球女孩了。

「喔，有河北啊，不過他的狀況似乎有點差啊，難得小川歸隊，投打雙方的台柱都到齊了，首輪戰看起來卻沒辦法提前結束比賽，情況嚴峻啊。」

爸爸一副算得上半個專業人士的模樣歪著頭。

……哦？小川的傷養好了啊。

我偷偷地斜過眼睛去偷瞄電視畫面。哎呀，我畢竟也和這群家人生活在同一個屋簷下，要完全隔絕他們的影響簡直是難如登天……

「……欸，爸爸，把音量切大聲一點。」

我扶了扶眼鏡，轉過去將身體正對著電視。

「喔？海帆妳果然也很關心嘛？對吧對吧！」

爸爸開心地拿起遙控器。

「什麼？人生談完了嗎？你們這對父女果然是一個模樣啊。」

媽媽這句不能當作沒聽見的發言我這次姑且裝做沒有聽見，將注意力集中在電視機的畫面上。

然後，接下來我就真的什麼也聽不見了。

我的意識完全被抓住了。

聲音凝滯、視野縮小，播報員的解說、爸爸的聲音、媽媽的聲音和千帆的聲音完全進不了我的耳朵，眼中只剩下河北和小川的身影。
我的意識只集中在一個點上，只集中在一個人身上，即使畫面切換了，腦中仍然一個勁兒地回放著相同的景象。
「海帆，妳在做什麼？」
直到媽媽搖了搖我的肩膀叫我後，我才發現我連自己身在何處都忘了。

×

在那之後，我徹夜難眠。
向來可以引起睡意的海潮聲在耳邊縈繞不去，這是我第一次遇到這種情況，不可思議的感覺像層膜一樣包覆著身體，我嘆了口氣，翻了個身。翻身翻了兩次、三次、四次，到了第五次時，我從床上爬了起來。
拉開窗簾向外看去，滿月在五島的海面上畫出一條光之大道，劍玉岩漆黑的影子切穿海洋。
為什麼呢？心在躁動。
這是個不稀罕的新聞。
擁有實力超越高中生水平的王牌選手之甲子園常勝學校，在首輪戰無驚無險地打敗對上的公立學校、大獲全勝，這是每年在全日本的預賽會場上都會發生的一場平凡比賽，然而，我的內心卻因此隱隱發熱。

……他為什麼會有那種眼神呢？

那個連名字都沒有被介紹到的公立高中的投手。數度被強校的天才們狠狠打擊，卻還是用他黏人刁鑽的投球避免了被提前結束比賽的結局。

這對他而言應該已經是一項值得驕傲的壯舉了，但是他為什麼會露出那種眼神呢？那種彷彿拚了命去追逐某種東西、看起來相當渴望的眼神。

我在看棒球比賽時，無關特定隊伍，會自然而然地站在投手的角度去看，這純粹是因為投手出現在畫面上的時間特別長，而我至今為止共同奮戰過來的投手們，每個人都是燃燒著各種不同的感情去面對打者的——憤怒、喜悅、悲傷、懊悔、恐懼、興奮。

然而，他，他眼中蘊藏的感情之火皆不同於這些，即使在他被後段棒次擊出全壘打時、即使在他三振掉第四棒時，就連在他成功地以無失分度過瀕臨提前結束比賽的第七局時，他的感情之火都沒有絲毫動搖，而是靜靜地持續燃燒著，彷彿他在看著的是與勝負全然無關的其他東西，彷彿他在尋找的是某種位於更遠之處的東西。

原來是這樣！他在找，他自己一個人，用盡全力在尋找。

我的胸口越發炙熱起來。

不曾間斷的海潮聲宛如誘惑我前往海上般，迴盪在耳邊。

╳

隔天早上。

「嗯啊？怎麼了，海帆，起得這麼早。」

拉開起居室的拉門後，把報紙攤在矮餐桌上看的爸爸嚇了一跳，抬起頭來。

「啊，是那個吧，妳想跟我一起吃早餐了，對吧對吧？喂——由紀子，海帆的早餐呢！」

爸爸還是老樣子，完全不聽別人說話，就這樣一個人自顧自地斷定。

「海帆，怎麼了？起得這麼早。哎呀，妳沒睡嗎？」

從廚房裡走出來的媽媽馬上就注意到了我的異狀，於是我立刻將手上拿的彩色印刷冊子輕輕地遞給她。

「啊啊，是這個啊，叫做函授課程的？很好啊，如果妳想上的話。啊，這麼說起來，剛才萬結的媽媽打電話來，說萬結感冒了，今天要請假，昨天發生了什麼事嗎？」

「…………」

「海帆？」

媽媽瞧了瞧我的臉，而我則是咬緊了牙根。

要說就要趁著一開始的時候說，要是攙和進其他話題的話，想說的話到最後就會說不出口了。我的胸口依然熱血沸騰，我就是為了守著這股感覺隨時會消失的熱血，才一直撐著不睡等待天明的。

要說就要趁著一開始的時候說，我深深地吸了一口氣，感覺他在我身上點燃的微弱火種燃起熊熊火焰。

「媽媽，我想報考東京的大學。」

「咦？」

媽媽翻開宣傳手冊的手倏地僵住了。

「東京？」

爸爸攪拌著味噌湯的手也倏地停住了。

「我想上東京的大學，然後學習外文，出國留學，最後到海外工作。」

只有我一個人，只有我一個人說個不停。

「喂喂喂，等一下，海帆，妳不要一口氣突然說那麼多。」

一點也不突然，我想很久了，我一直、一直都這麼憧憬著，可是也同樣害怕著。

我不是無法決定未來出路，而是害怕決定，我一直裝出一副認真的模樣，其實只是因為我在害怕。

「拜託你們，爸爸、媽媽。」

我想到遠方去看看，像爸爸一樣，像他一樣，憑藉著自己的力量走到自己所能到的地方去。

「那很好啊。」

媽媽靜靜地合起手冊。

「喂，由紀子。」

「不會吧，真的嗎？真的可以嗎，媽媽？」

我連忙回問，聽到我這麼說，媽媽露出微笑——

「不過要是國立的喔，我們家可沒錢讓妳念私立大學。」

「太好了——！」

我高舉雙手跳了起來。不敢相信！我還以為如果有人會反對的話，那麼那個人一定會是媽媽。

「謝謝你們，爸爸、媽媽。」

「等等，海帆，我還沒……」

「太好了！太好了——！」

開心得像要飛起來就是指這麼一回事吧，我好雀躍，地面什麼的我根本待不住。

「吼～妳好吵喔——」

可是，我好像有點太興奮了，千帆揉著眼睛起來了。

「千帆，是東京耶！姊姊要去東京了！」

我拉起千帆的手，更大聲地叫著。

「咦咦？現在嗎？千帆也要去！」

「怎麼可能是現在，好了，妳睡覺去吧。」

「明明就是姊姊把我吵醒的。」

「是是是，小孩子給我去睡覺～」

我抱起剛睡醒的軟趴趴身體，將千帆帶回臥室。

「不要啦——不要把我塞進棉被裡！」

千帆動來動去不肯回棉被裡，但我還是和她一起鑽進了尚留餘溫的被褥中。

「喂，由紀子，這樣真的好嗎？她說的可是東京耶，東京，妳……」

我們在棉被裡打打鬧鬧的，依稀聽見聲音從起居室裡傳來，我伸出食指讓千帆安靜下來，豎起耳朵偷聽。

「怎麼，事到如今才有意見啊？海帆的煩惱就交給我來處理，這句話不是你說的嗎？」

「是這樣沒錯啦，可是……」

「不過是去東京而已，曾經跑到印度洋的人少囉哩八唆。」

在和媽媽兩個人一對一時，爸爸總是說不過媽媽，被我用手指堵住嘴脣的千帆從脣縫裡發出竊笑。

「我早料到她遲早有一天會提出這種要求了，那孩子跟她老爸真的是一個德行啊。」

媽媽夾雜著苦笑的聲音傳入耳中，堵在心底。我心中熊熊燃燒的那把決心之火，同時也微微燒焦了心頭一隅。

「…………姊姊？」

千帆大概是靠本能察覺到什麼了吧，她用力地握住了我的手腕。

第二章

終點——翔太　六月

提議要到球場去的人是橫山。

向來軟弱，只要我稍微一搖頭就會妥協並且重打新暗號的捕手今天特別頑固，拖著全體三年級成員偷偷潛入深夜的球場。

「那麼，現在開始舉行城清高中棒球社的引退儀式，敬禮！」

以橫山宣布儀式開始為開頭，三年級的四個人空著雙手，紛紛往自己的守備位置散開。穿著牛仔褲的佐佐井在游擊手的防區就位，穿著無袖上衣的岡本跑到中外野去，而我則是踩著拖鞋踏上投手板。

「一號，捕手橫山。」

穿著五分褲的橫山自己唱出自己的名字，然後走進打擊區，他假裝自己握著球棒，呼呼呼地空揮了幾下。

「放馬過來吧，小川！」

橫山指著岡本頭上，大約在村井診所的看板一帶，似乎是在預告他要轟出全壘打，我兩度否決不存在的捕手給予的暗號，然後振臂高揮，將作勢握球的右手全力甩了出去，球路完美，但是——

「鏘——」

橫山那根本慢半拍的揮棒卻咬住了我的決勝球球心，輕輕鬆鬆地把球送上中間偏左位置的看臺區上層。

「看到沒，小川！這是我飛躍電子顯示板的一擊！」

更正，看來似乎是支場外全壘打。

「好，下一個換我，二號游擊手佐佐井，一決勝負吧，小川！」

從游擊區連忙跑過來的佐佐井將我使出渾身力量投出的直球轟出左外野，接著岡本則是把我一顆投得太甜的曲球轟出了右外野。

歷經了惡夢般的場外三連發之後，我——

「好，接下來輪到翔太了，來啊來啊，放馬過來，公立投手！讓你見識見識怪物新星的厲害！」

我先以三顆好球將扮演河北的岡本逼入絕境，接著再用一顆蝴蝶球讓他揮棒落空，拿下三振。

「啊～好熱！累死了。」

佐佐井擦著額頭上的汗水，四仰八叉地躺在內野正中央。

「哎呀，我一開始還覺得這遊戲滿蠢的，試了之後才發現意外的好玩啊。」

「結果我們居然玩了整整四輪，總覺得我明白歷代學長們的心情了。」

岡本也點了點頭，往佐佐井身旁一躺，佐佐井則是伸手拍了拍我腳踝，示意我也躺下來。

「感覺怎麼樣啊？很慶幸有玩到吧，引退儀式。」

待我躺下之後，橫山也在我旁邊呈大字型躺了下來。

是的，這是城清高中棒球社代代相傳的引退儀式，決定引退的三年級社員要在球場集合，進行虛擬的空氣棒球賽，把迫使自己引退的隊伍打得落花流水，屬於弱校特有的傳統儀式。

而我們的球場雖然叫做球場，其實不過是勉強圍起一片圍欄的地方，沒有投手丘也沒有壘包，只是一片很普通的校地，這片排水不良的校地每逢下雨，隔天就會出現像條小河似的水痕，在足球社和排球社天天上演地盤爭奪戰的同時，我們則是一心一意地追逐著白球。

「速水商業果然很強啊。」

「甲子園果然離我們很遙遠啊……」

佐佐井感慨地嘟噥，岡本感慨地回答。

『進軍甲子園』。

這句由情緒激昂的經理在某天突然拿墨汁寫在社團教室牆壁上的話，棒球社的社員們當時沒有任何一個人當真，卻也沒有任何一個人想過要把那句用水就可以輕鬆洗掉的塗鴉擦掉。

然後，從那一天開始，這句話在社內蔚為一股小小的流行。

「打起精神點啊，不是要去甲子園嗎！」、「喂喂喂，犯那種低級錯誤，你還想去甲子園嗎？」——這些被人當成玩笑話說著玩的台詞令人不好意思又心癢難耐，然而，隨著一次又一次大聲地說出口，這些話裡漸漸帶上了熱度，不知不覺間，已在社員們的心裡燃起無法撲滅的火焰。

「其實我們打得很精采啊，居然沒讓那間速水提前結束比賽。」

「對啊，這一切都要感謝隊長囉，對不對，咱們的王牌？」

我用腳尖踹了踹帶頭起鬨的岡本腳底，意思是：「吵死了」。

「不過，我還是好想去甲子園啊。」

「約定之地——甲子園嗎……」

佐佐井再次感慨地嘟噥，岡本再次感慨地回答。

「抱歉。」

橫山用只有我聽得到的音量低聲這麼說。

少說那些有的沒的——我用左拳搥了搥這位輔佐者的肩膀，我原本是想要給他勇氣的，橫山卻陷入了沉默，難道是我搥的方式不對嗎？我的關心總是不太到位。

在那之後，我們沉默地在球場上躺了好一會兒，每個人各自在夜空中描繪自己過去這三年。

約定之地——甲子園。可是，我並不是想要那種約定，我只是……

就在這個時候。

「喂！你們在這裡做什麼！」

怒吼聲在夜裡的球場上響起。

『慘了，是老師！』這種想法我一秒都沒出現過，畢竟我們學校又沒有人值夜班，況且那聲音也不是大人的聲音。

「欸欸～你們很不配合耶，至少讓我嚇到一個人嘛。」

那種硬擠出來的低音聽起來反而還很可愛。

「不過，你們居然真的來進行那項傳統儀式了。」

不知道是不是因為惡作劇沒有成功，穿著短褲的短髮女孩露出一副掃興的模樣，慢條斯理地走過來。

「是說，拜託你們別把球場弄亂啊，我們二年級好不容易才整理好的。」

浦原明依喀啦一聲將腳踏車的腳架立起停好，就像她魔鬼經理這個別名一樣雙手扠腰、眉毛倒豎。

……那把腳踏車騎進來的妳又該怎麼說——她豪邁地往前大步一站，氣勢威武得讓人連這句話都不敢說出來。

「可惡，你太卑鄙了，小川！沒辦法解決我就在打擊區偷埋地雷！不過，我是不會輸的！不管幾次我都要把球轟到場外去！」

佐佐井喘著粗氣，要死不活、搖搖晃地站在打擊區。

「……這種事做起來不會覺得很空虛嗎？」

明依背倚著鐵柱，對再度開始進行虛擬棒球賽的三人投以冰冷的視線。

「看起來是很空虛，不過，玩起來意外地帶勁耶。」

我一邊掀著T恤的下襬通風一邊答道。

「真意外啊。」

「咦？」

視線相對後，明依立刻低下頭。

「因為，學長給人的印象和另外那三個人不一樣，感覺不像是會做這種事的人。」

「印象？」

「該怎麼說呢，就是，學長……酷酷的啊。」

「酷……」

「你笑什麼啦！」

「我沒笑。」

明依在間不容髮之際往我的臉看過來，為了不讓她看到我已經笑歪了的臉，我迅速地抬頭看向天空。梅雨陰沉沉的烏雲布滿整片天空，讓漆黑的夜空更黑了一層，飽含六月溼氣的夜風不但沒有吹乾汗溼的身體，反而讓身體感覺更溼黏了，但是，即便如此，很不可思議地，我卻不覺得熱，今年的夏天已經不熱了，也許我這一生都……

「結束了呢，棒球。」

明依冷不防地這麼說。

「是啊。」

「高村學長要升學吧？」

「……嗯。」

——高村，雖然學弟妹們都叫我翔太學長或直呼名字，不過唯獨只有明依，不管我跟她說了多少次，她都堅持不肯直呼我的名字。

「可以兼顧學業和社團活動，學長好厲害啊。學長沒上補習班吧？」

「沒那個時間啊，要兼顧社團活動的話，光是上函授課程就夠累了。」

「我光是要顧好其中一項就疲於奔命了。」

「我也一點都不輕鬆啊。」

「接下來，請學長專注在學業上。」

怎麼了？語氣這麼僵硬。明依的表情看起來完全不像是一個在為別人加油打氣的人，她把食指戳進潮溼的泥土裡，撿起一塊埋在土裡的小石頭，然後不斷翻弄著腳邊的泥土。

「說句老實話，我其實並不支持學長的課業。」

這說話方式真拐彎抹角。

「因為，我一直覺得學長其實可以繼續打棒球。」

「繼續是指可以打到秋天嗎？」

「不是，是指可以打得更長遠。」

更長遠……？

「喝啊！」

明依突然站起身來，全力將小石子丟了出去，小石子飛到球場正對面，打在足球社毫無遮蔽的球門門柱上，發出一聲空洞的聲響。

「我以為你會說…『這就是我準備大學考試的方式！』，然後大肆活躍在秋季大賽上，接著保送進大學，一直打到稱霸六大學（註2）為止。」

「什麼六大學啊……」

「不僅如此，你還會以選拔前三名進入職棒圈，第一年在職業選手的洗禮下遭遇挫

註2　東京六大學棒球聯盟，由早稻田大學、慶應義塾大學、明治大學、法政大學、立教大學和東京大學六所位於日本東京都的大學之棒球社所組成的學生棒球聯盟。

折，第二年轉型為變化球投手，第三年成功擠進先發名單，第四年到第六年連續奪下二位數勝投，第七年以絕佳的狀態進軍大聯盟！」

說著，明依像往常一樣激昂了起來，她跳起來，一把抓住鐵柱。

「什麼大聯盟啊妳……」

「你又笑我！」

這種話誰聽了不笑啊。

「高村學長！」

「呃，抱歉，想到明依好像比我自己更認真地在思考我的棒球生涯就忍不住笑出來了。」

「咦？那、那是因為，我是棒球社的女經理啊。」

明依吊在鐵柱上，難為情地搖晃著身體。

「我喜歡去想這些事，總覺得想著想著，身體就會逐漸熱起來。」

……妳大概也有打虛擬棒球的天分吧。

「學長沒想過這種事嗎？假使站上甲子園的投手丘的話、如果在選拔中被指名的話。」

「大概沒想過吧。」

「騙人，你絕對有想過，至少會想過一次，從實招來。」

「沒想過啦。」

「你再繼續裝傻的話，大迴旋飛踢就要招呼到你身上了喔。」

「拜託不要！」

明依這個人感覺會來真的，超恐怖。

「快點快點，快點一五一十地招出來——！把學長你那丟臉的妄想招出來——！不招的話會飛走喔～腦袋會飛走喔～」

明依露出一臉陰險的笑，進入大迴旋的準備動作。

「哎喲，我沒有說謊啊，我真的沒想過啦！我沒有那麼明確地想過棒球的事，到頭來連自己為什麼要打棒球都不知道。」

「……這話、什麼意思？」

明依的身體突然一頓，靜止了下來。

……我不小心說了不該說的話，後悔歸後悔，但是已經來不及了。

「沒什麼啦，別在意。」

「我很在意，請告訴我，高村學長。」

「也不是什麼大不了的事。」

「這點由我來判斷。」

裝傻對城清高中棒球社引以為傲的魔鬼經理行不通，明依吊在鐵柱上居高臨下地看著我，身體一動也不動。

「這個，該怎麼說才好……」

我沒有自信可以清楚地表達，不過再這樣下去，感覺真的會有什麼東西招呼過來，所以我努力嘗試著把自己的感受轉化為語言。

「我開始打棒球的理由，原本就是為了彌補缺陷。」

「缺陷……？」

好像從一開頭就說錯話了，明依的表情嚴厲地扭曲。

「哎呀，說缺陷好像太過頭了，總之我以前是個很畏畏縮縮的人，還打算一直龜縮在家裡，反正我就是不太擅長與人交談，也不擅長把自己的想法感受傳達給對方。」

「你現在看起來好像也不是很擅長嘛。」

明依仍舊吊在鐵柱上說。

「或許吧。然後，看到我這個樣子，老爸很擔心，為了把我拖出門，於是他教了我怎麼打棒球。」

我至今仍然鮮明地記得——公寓後面的小公園，我的棒球生涯就是從那裡開始的。

「如老爸所願，棒球賦予我一個嶄新的世界，我也喜歡上了棒球，可是，如果有人問我是不是因為喜歡而持續打到今天的，我又覺得好像不是……這我真的不明白，說這種話妳可能會生氣，不過，我在進公立高中的那一刻起就放棄了甲子園，我想要的不是那個……」
而是在更遙遠的地方的某樣東西，我想知道那是什麼，想確認那是什麼，所以才不顧一切地持續投著球。那個不在此處在遠處，不曾見過卻熟悉的某個東西，它一定……

「……不行，我說不清楚，抱歉，忘了它吧。」

「做不到。」

明依從鐵柱上輕巧地跳下來。

「明依？」

我之所以會特地確認似的叫了她的名字，是因為在她跳下來的那一瞬間，我有種好像自己看到的是另外一個人似的錯覺。明依的聲音是那麼地沉重、那麼地嚴厲……

「我怎麼可能忘得了。」

我之前從來沒聽過她的聲音像這樣子顫抖。

「所謂的『說這種話妳可能會生氣』，應該是不想被罵的人才會說的話吧，不過我還是要罵你。」

「明依，妳怎麼了嗎？」

「什麼怎麼了，學長你才怎麼了？早就放棄甲子園了？不知道為什麼要打棒球？你怎麼到現在才在說這種話！」

她聲音顫抖得越來越厲害，漸漸從嘴脣擴散到肩膀，再從肩膀擴散到指尖。橫山等人注意到明依的不對勁，中斷了虛擬棒球往這邊看過來。

「我不希望聽到學長說這種話，學長是我、是我們的憧憬啊！正因為比任何人都認真練習、比任何人都喜歡棒球的高村學長是隊長，所以我們才能跟著你一起走到今天的！」

「等等，明依，不是的，我想說的是……」

「我要回去了。」

明依跳上腳踏車，然後——

「學長你這個……敗戰投手！」

她像隻喪家之犬似的撂下莫名其妙的叫罵，並且踩著腳踏車全速衝了出去。

「等等，明依！」

我想叫住她，明依卻充耳不聞，掀起一片沙塵在夜晚的校園裡暴衝——

「呀啊——！」

幾秒鐘後，一陣神祕的衝撞聲響起。

「喂——！浦原撞上校門了！妳沒事吧，浦原！」

——鈴鈴鈴。

看來似乎沒事。一陣鈴聲回應了佐佐井的呼喊，明依就這樣騎著腳踏車朝著夜晚的街道飛馳而去。
「喂，翔太，浦原那傢伙怎麼了？」
橫山晃著他那龐大的身軀跑過來。
「我好像惹她生氣了。」
「啥？為什麼會惹她生氣？難得我特地……你跟明依說了什麼啊？」
「誰知道……」
雖然搞不太清楚狀況，不過看來就和明依所說的一樣，我好像還是很不擅長把自己的想法感受傳達給他人。

×

「我回來了——嗚噢！」
非比尋常的酒臭味從微微打開一條縫的門縫中流瀉而出，我實在忍不住，於是關了門在外面的通道上避難，做了兩、三個深呼吸，將肺裡的空氣汰舊換新之後，這回我用力將門拉到全開。
「你終於回來啦，翔太。」
甫一開門，漆黑的屋子中央就響起一陣什麼東西醒過來的聲音，我無視這些聲音，按下屋子的照明開關——

「啊！不要突然開燈啊！」

媽媽發出慘叫，把臉埋到桌子上。

……這德行是怎麼搞的。

看到日光燈照出來的慘狀，我不由得啞口無言。

看來她似乎發過酒瘋，我出門前才剛把這間2LDK（註3）屋子的客廳整理好，但是，現在這間客廳就像被局部性龍捲風捲過般毀滅得徹底。

「妳怎麼又來了，老媽。」

「什麼嘛——媽媽也沒辦法啊——」

老媽扒了扒一頭毛躁的亂髮，懶洋洋地抬起頭來，酒精讓她的臉部浮腫，皮膚粗糙暗沉，兩眼也慘不忍睹地充滿血絲，一點也看不出她誇口自己只要有心就能夠讓外表看起來年輕十歲的樣子。

「喝太多不是什麼沒辦法的事吧。」

「可是，都怪小翔你太晚回來了嘛！媽媽好寂寞好寂寞，不喝酒的話會受不了啊～」

註3　兩間房間＋一間餐廳＋一間廚房。

說完後，老媽一口氣喝掉杯裡殘餘的半杯燒酒。

「哈～！讚啦！難以置信的讚！小翔，媽媽果然沒辦法，媽媽這輩子唯獨放不下這個孩子啊！」

「我又沒叫妳不准喝酒，只是叫妳不要喝成那樣。」

「哼！小孩子少在那裡教訓長輩，再說了，你一個小孩子去做什麼搞到這麼晚？該不會又去打工了吧？」

「才不是，早跟妳說過我今天要去跟棒球社的朋友們見面了吧。」

我打開冰箱門，以門為盾擋住老媽刺人的視線。

「喔？那就好。總之，你不准再打工了，明天就去辭掉，這是媽媽的命令。」

「妳怎麼又提這個？」

我從冰箱裡拿出冰麥茶，倒進杯子裡一口氣喝乾。

「誰叫小翔不聽話，我只好一直說了啊，你都升高三了還一直打工，準考生就該好好專注在課業上嘛……喂！你有沒有在聽啊，小翔，鬼鬼祟祟的幹什麼？」

「我有在聽啦，不過現在還是先收拾一下屋子吧，桌上也要收拾，來幫個忙。」

要是隨便拒絕老媽的要求她就會越唸越久，這時候的正確做法是要模稜兩可地把話題帶過去。

「咦～等等，還不能收，媽媽還在喝！啊，不好了，小翔你看！媽媽的杯子空了！

小翔快點！快點給你可憐的媽咪一點喝的～」

這麼一來，老媽就會像這樣自己忘記自己原本在講什麼，她中斷這個由自己起頭的話題，拿過放在伸手可及之處的酒瓶拚命地往杯底戳。

「是是是。」

我心不甘情不願地嘆了口氣，拿起幾乎全空的燒酒酒瓶直接收到流理臺上，再用麥茶把杯子裝滿。

「啊——可惜！那個雖然很潤喉，不過媽媽要的不是那個，來，失敗了也不要氣餒，再挑戰一次！」

「好了好了，就喝那個，今天之內只能喝麥茶。」

雖然老媽在家的時候大抵上都在喝酒，不過每個月還是會有一次喝超過自己酒量所能負荷的量，而她喝太多的信號就是會哭，因此每當看到她紅了眼睛，我就會強硬制止她再繼續喝酒，不這麼做的話，屋子就會像現在這樣被弄得一片狼藉，隔天老媽的身體狀況也會被搞得亂七八糟。

「妳也不年輕了，差不多該改一改這種喝法啦，老媽。」

「欸～？你在關心媽媽的身體健康嗎？小翔好溫柔喔～」

我全力挖苦她，老媽卻開心地笑了。

「真想讓宮田先生也學學你這份溫柔啊～小翔你聽我說喔，我們醫院裡有個經理超讓人火大的！」

「我知道，妳每晚都在說。」

「那今晚就繼續聽我說吧。那個宮田先生一副自以為了不起的樣子跟我說：『小晴小姐妳也該有點金錢觀念，不然會造成別人的困擾。』開什麼玩笑啊！什麼金錢觀念啊，護士比患者更重視開銷的話醫院就完蛋了啦！看我讓你的毛髮也完蛋喔，死禿子！啊～煩死人了，還有就是——」

「等一下等一下，這個我等一下再聽，妳先告訴我，妳有沒有收到寄給我的郵件？」

這話匣子一開，我就得聽老媽抱怨到隔天天亮了，於是我連忙揮手打斷她。

「Z會嗎？有啊，在桌上。」

老媽用視線示意鋪著木板的房間。

「就這樣？還有其他的嗎？」

「嗯……其他的？其他的是指什麼～？你不說清楚媽媽不懂啊～～？」

……看來是有。

就算老媽不說，光看她那副嘴巴幾乎快要咧到耳朵的奸詐表情我也可以知道。

「來來來，你說說看啊，小翔，你覺得還會有什麼呢……情……書……嗎？」

「夠了喔，都放在桌上嗎？妳沒偷看吧？」

「當然看了啊，我可是你媽耶。不過，現在的年輕人居然也寫信啊，我在學生時期也會寫喔，把信偷偷放進籃球社學長的桌子裡……哎喲，青春吶～欸，對方是什麼樣的女孩子？可愛嗎？啾啾過了嗎？下次帶回家來啊，媽媽會躲進衣櫥裡的。」

「好好好，下次下次，妳給我老老實實地喝麥茶喔。」

我再三叮嚀一直不肯去動杯子的老媽，並且拉開木頭地板房的拉門。

昏暗的三坪半大木質地板房間裡，郵件並列著放在靠窗的書桌上。

一個是體積龐大的Z會教材，一個是小巧的花朵圖案信封，我拿起四角點綴著鮮紅色太陽花的信封，迅速確認外觀——以心型貼紙封著的封口沒有被開封的跡象。

想也知道老媽說她看過了是在開玩笑，如果她真的看過，怎麼可能還裝出那種笑臉挖苦我，可是我即使明白這點，卻還是忍不住要確認一下。

自從升上三年級之後，我每個月都會收到一紙直接投進信箱裡，沒有署名也沒寫收件人的花朵圖案信封，而且，就因為這封信的信封是花朵圖案的，於是老媽便認定了這是要給我的情書。

老媽似乎打開電視了，客廳裡開始傳來含糊不清的聲音，我再次確認拉門有關好後，打開桌上的檯燈，坐到椅子上拆開信，像往常一樣攤開這封來自老爸，以『致翔太』三個字為開頭的信。

單調無趣的白色信紙與外包裝形成對比，上面綴以父親獨特的字體，內容只有極其簡潔的近況報告，然後，和平時一樣，信封裡還附著一張照片。這大概是哪個地方的離島吧，十字形的島嶼背著夕陽浮在海浪間，雖然不知道確切地點，卻還是可以從十字島上掛著的破爛注連繩（註4）和照片後面草草寫下的『一座適合演歌的島』一句話中猜想到，這應該是位在日本的島嶼。

「……真難得啊。」

我從抽屜裡拿出一疊照片，然後一張一張翻閱——馬來西亞、蒙古、捷克、南非、墨西哥……沒錯，這是老爸第一次寄日本的照片過來。

「這樣啊，他回到日本了啊。」

身為自由攝影師的老爸這一年來幾乎都在海外度過，雖然葉崎亘這個名字在業界中似乎頗富盛名，不過我至今尚未從他人口中聽過老爸的名字。

我再度將目光落在那座島嶼的相片上。這真是張不可思議的照片，也不知道是島嶼本身所醞釀出來的魅力還是老爸的技術使然，我就是無法將視線從照片上移開，彷彿只要看著這張照片，就會飄來海浪的聲音與岩石的味道。

我聽見隔壁房間傳來老媽的笑聲，有時不住地咳嗽，有時清著喉嚨，有時還自言

註4　又稱「標繩」或「七五三繩」，是一種用稻草編織而成的繩子，乃神道中用於潔淨的咒具。

自語地說：「來喝一杯酒代替麥茶好了」。即使隔著一道拉門，老媽的存在感還是高得讓人難以忍受。

爸媽沒跟我說過放浪四海的攝影師和在市內醫院工作的護士當初是怎麼相遇相愛的，但是，為了攝影而長年不在家的老爸和怕寂寞又黏人的老媽之間的婚姻生活無法長久維繫這點，或許正如大多數的親戚所言一樣，打從一開始就可以料到了。

當老爸放著家裡不管的時候，老媽似乎總是一個人把酒垂淚，等到她獨自一人在醫院裡把我生下來之後，她變成抱著我哭，老媽嘴裡埋怨著老爸，但是當老爸偶爾回來時又會非常開心，她會一直幸福地笑著，直到老爸再次踏上旅途的那一刻。我想老媽是深愛著老爸的。

正因為如此，所以她才會更加難受吧，離婚之後，老媽再也不肯與老爸有任何一切的接觸，電話不接、信或簡訊也不看，甚至不拿贍養費，更不提從前的事。

而這封信之所以能寄到我手上，也是多虧了笨拙的老爸費盡心機，信封上不署名也不寫收件人的緣故，老爸賭上老媽的腦袋裡或許會浮現花信封＝情書這種單純公式的可能性，並且成功地賭贏了，於是這些信最後來到我的手上。

客廳的燈冷不防地關了。

「我睡囉。」

我聽見老媽細微的聲音和和室拉門被拉開的聲音。

「晚安。」

我這麼回答，然後關掉檯燈，輕手輕腳地打開窗戶。

我從高大的榆樹枝椏間俯瞰昏暗的公園。

兩層樓高的公寓正後方有一座用來當成庭園造景用的三角形小公園。

這座冷清的公園裡只有溜滑梯和鞦韆寒酸地瓜分這片領地。

我想起老爸以前總是待在這裡，想起老爸教會我如何打棒球。

『來練投接球吧！』

他找我打球時總是這麼說，他喜歡啤酒、喜歡香菸、喜歡昆布，不過還是最喜歡棒球，他說他沒辦法選出最愛，所以向來戴著一頂破破爛爛的帽子，上面繡著一排不屬於任何一支球團、也不知道代表著什麼意思的橫字。

風吹得榆樹葉子沙沙作響。

在僅有的一支路燈照射下，溜滑梯在地面上拉出一道短短的影子，那座溜滑梯旁邊是老爸跟我玩投接球時的固定位置，現實中的老爸或許正滿世界飛，但是在我心中的老爸至今仍然坐在那裡，戴著手套蹲捕。

我將虛握著球的左手朝老爸揮去，球穿過榆樹枝椏，被收進老爸嚴陣以待的手套正中心。

「壞球！」

說完後，老爸把球丟了回來。

老爸的判定向來嚴格。

高中生活中的最後一個夏天與至今為止的任何一個夏天都不同。很熱，非常熱。

雖然夏天從以前開始就一直都很熱，但是今年格外地熱。

對於都市區的人而言，說到夏天似乎就會想到海邊，但是，對於無關四季，日常生活的一部分就是與海比鄰而生的島嶼居民而言，上了高中之後完全不會有人對海水浴有興趣，現在能夠引起一個鄉下女孩興趣的事情是…………能夠引起興趣的是？

「對A有興趣」＝「be interested in A」，慣用說法為被動式，因此直譯就是「被引起對A的興趣」，可是日文翻譯比較適合用主動式，其他把被動句變成主動句的翻譯範例還有「be satisfied with A」和……

「海帆，妳有沒有在聽！」

「咦？」

單字本被人啪的一聲按倒在桌上。

被考試常出的慣用語這一頁占據的視野一口氣擴展開來，由沐浴在懶洋洋的午後陽光下的教室取代。我反射性地去看時鐘，現在時間是下午三點半。

「呃……什麼事，千尋？」

「什麼什麼事！我不是叫妳別老是看單字本看到放學了嗎！」

她該不會叫了我很多次吧？長著一張貓臉的千尋眼角比平時揚得更高，嘴裡咬著立樂包果汁的吸管。

「所以呢？海帆妳想選米翁還是美悠？」

這是什麼的二選一？我一頭霧水地用眼神詢問萬結——

「我想選米翁，畢竟美悠上個禮拜去過了，啊，不過當時海帆不在，所以去美悠也行，海帆妳決定吧。」

結果也被萬結逼著二選一了，這麼突然地要我選，我也不知道該怎麼選啊……

「**prefer A to B**……跟B比起來更喜歡A。」

「妳在說什麼啊！」

「好痛！」

我的臉頰被吸管一戳。

「算了，那就決定去米翁吧！好，今天要玩個盡興！」

「咦咦！等一下等一下！」

我阻止了起身到一半，正要「喔——！」的一聲向上高舉拳頭的兩人舉起拳頭。

「玩什麼啊！不行啦，今天要念書。」

「啊啊？妳是怎麼樣啊，海帆，又不來嗎？妳最近很不合群耶，妳上禮拜沒來美悠時也是這麼說的。」

千尋抽起吸管，這回拿尖的那一端來戳我。

「當然要這麼說啊，明天就是全國性的模擬考了！」

「隨便啦，模擬考什麼的，又不影響學校成績。」

「妳在說什麼啊！雖然只是模擬考，不過考試就是考試，必須認真看待才行。」

「嗯哇——囉嗦死了！我還想說這個認真魔人眼鏡妹好不容易決定志向了，結果現在又這樣！算了，我們兩個自己去吧，萬結。」

千尋賭氣似的抓起萬結的手。

「嗯……可是，又把海帆排擠在外也不太……」

然而，萬結沒有附和她，而是為難地蹙起眉頭盯著我的臉——

「我知道了！不如我們今天抽空留下來參加晚自習，大家一起開讀書會吧？」

然後「啪！」地兩手一拍這麼說。

「啊，聽起來很好玩，萬結幹得好！」

我也跟著兩手一拍。

「不好玩——！是要從哪裡和哪裡之間抽出空來讓玩樂計畫變成讀書會啊！」

「不就是米翁和美悠之間嗎？」

「不好玩——！」

萬結的提案這麼完美，為什麼就千尋一個人這麼生氣啊？

「有什麼關係嘛，千尋，大家一起妳教我、我教妳的話，念書也會變得很好玩的！況且妳想想看，這樣就可以不用把海帆排擠在外了啊。」

……哇塞，好溫柔，我的心揪了一下，萬結為什麼會這麼可愛又這麼溫柔呢，我好喜歡這個人喔！這下讀書會非開不可了！

「好！我來勁了！那麼就少數服從多數，採用萬結的點子，妳沒有意見吧，千尋？」

「不好玩——！」

「全國模擬考之考前讀書會，加油——！」

「喔——！」

在我的號召下，這次萬結總算無所顧忌地舉起拳頭。

「真的要開喔？快告訴我這不是真的……」

相對之下，在人數上處於不利地位的千尋氣勢顯著低落了不少——

「啊～啊，敵不過認真起來的認真魔人啊……」

她一臉泫然欲泣地垂頭喪氣。

夏季的全國模擬考表面上雖然說是自由參加，但是在我們學校裡，升學組卻是在心照不宣的共識下被賦予所有人都必須參加的義務，由於這無關在校成績，星期六卻還是得因此到校，所以像萬結這種以推薦入學為目標、或是像千尋這種隨便哪間大學都行，能上就好的人來說，這是個完全令人提不起勁的事。由於模擬考的規模是全國性的，不但可以檢測自己目前的實力，還會發下落點分析，所以我絕不容許自己用隨便的心態去應付，因此留下來參加晚自習時我也同樣專心致志。

「我受不了啦──！腦袋要噴火了──！我們回去了啦──」

「好好好，等妳腦袋噴出火來我們就結束，所以妳就努力到噴火為止吧。」

「可惡──！魔鬼──！惡魔──！認真魔人眼鏡妹──！」

千尋才剛開始念五分鐘，嘴裡的哭訴就冒個不停，我充耳不聞，一直晚自習到我們被老師趕出來為止。

╳

「謝謝您，米元先生，工作小心喔。」

我站在浮動碼頭上揮了揮手，渡輪鳴了三聲汽笛當作回應。

晚上七點五分，我目送著準時從一之島開船出航的渡輪離去，踏上已經徹底染上夜色的鄉間小路。

我回來得比預定時間晚了不少，這座店家和路燈極度稀少的島嶼在此時此刻已經開始迎來它的夜晚，我和島上的每個居民都是朋友，也不怕蟲或動物，唯獨就是怕黑。

我的肚子咕嚕嚕地叫，還是快點回家吧。我被溽熱的海風吹著走，走不到十步就被吹出一身汗，再度溼了未乾的襯衫。

「抱歉，我回來晚了。」

「喔，妳回來啦，海帆。來來來，妳過來，哇哈哈哈哈！」

一打開玄關的門，起居室裡就傳來爸爸心情絕佳的聲音。

爸爸今天沒有排班，所以我大致已經預料到會是這種狀況，不過這聲音聽起來感覺喝了不少啊，能不被罵是好事，但要是被纏上可就討厭了，我該略過起居室直接上二樓嗎？我一邊脫鞋一邊思索，可是今天是Z會寄教材過來的日子………好吧，我就搶了教材趕緊上樓進房間去。

我這麼下定決心，並且掛上特大號的笑容打開拉門。

「我回來了～」

「唷，妳終於回來啦，天才少女，哇哈哈哈哈！」

如我所料，爸爸已經完全喝醉了，頂著一張紅通通的臉，下酒菜擺得整張矮餐桌都是。不過，怎麼會整體色調都是紅的啊？爸爸的臉是紅的，穿的汗衫也是紅的，這也就算了，其他還有紅薑、紅色的酸梅干、紅色的紫蘇蒜頭——連矮餐桌上都是一片通紅。

「——欸，啊咧，慢著，你在看什麼東西，爸爸！」

我差點就忽略掉了，那個同樣身為紅通通的一員，像道下酒菜一樣擺在矮餐桌上的東西是——

「那不是Z會改好的答案卷嗎！爸爸你為什麼先看了！」

「啊啊？父親看女兒的答案卷不是天經地義的事嗎？幹得不錯嘛，海帆，不過字怎麼那麼醜，妳這到底是像誰啊？」

「字跡跟像誰有什麼關係！還來啦，討厭！」

「喂、不要拉，蒜頭要翻倒了！」

「你幹麼把它墊在盤子下面啊！」

我一邊大叫一邊把答案搶回來，結果一使力肚子又開始叫了起來。

「餓了的話要不要把蒜頭也拿去？」

「老爸大笨蛋！」

我跑上樓梯，逃進自己的房間裡。

真是受夠了，為什麼家裡每個人都要擅自偷看我的郵件啊！字醜這點誰都可以講，就爸爸沒資格說我！

我把書包往書桌旁邊一放，將制服掛到衣架上，接著在房間裡換了一套衣服，無袖上衣加短褲，雖然每次這麼穿都會被媽媽罵邋遢，但是我每年幾乎都是用這套組合度過夏天的，要是讓媽媽知道我睡覺時連短褲都會脫掉，不知道媽媽會露出什麼樣的表情。

「好了，接下來……」

我啃了一顆蒜頭讓肚子安分下來，接著重新把改好的答案卷攤開在書桌上。

即使這無關在校成績，即使沒有老師在我面前，要看計分過的答案卷還是讓人很緊張，複習待會兒再做，總之我先迅速確認過所有科目的答題正確率，國文、數學、理科、地理歷史公民、英文——

好像……還不錯嘛？

嗯，不錯不錯，挺不錯的。國文不錯，數理再加強，日本史還可以，世界史還可以，再來是英文，這科能考好最讓我高興。

因為我好不容易才決定的第一志願相當看重英文，或者說，以那所大學的程度，英文不好的話就會直接被淘汰出局，因此，說實在的，現在並不是我為了在這種難易度的考題上拿到高分而沾沾自喜的時候，但是……

「哇！單字題全對，太好了！」

看到數字清清楚楚地標示出這麼高的得分，我怎麼可能不高興，畢竟我可是特地把七月定為單字加強月呢，在千尋的妨礙下不屈不撓總算是有價值了！

我確認一眼牆上的時鐘，離晚餐好像還有一點時間，但是要洗個澡也不太夠……

「好吧！」

我抽出英文的解答，開始從頭再看一次，考得好的科目複習起來輕鬆又愉快，甚至有點像是娛樂，單字、片語、填空句、對話文、英翻日，這些題型上持續被打著圈（註5），讓我看得神清氣爽——

「長文閱讀啊……」

此時，我不再繼續用鼻子哼歌了，我用自動鉛筆叩叩叩地敲著答案卷。

這個題型有拿到分，不過，這是我花了不少時間作答的結果，正式考試時至少得用現在速度的一點五倍來閱讀才行，在大考中心測驗的英文科中，長文閱讀的配分占了英文總分的四分之三，這是一門直接關係到速讀合格與否的技術，長文閱讀需要字彙量、閱讀理解能力及文法理解，也就是說，這個題型幾乎涵蓋了與英文相關的所有

註5　日本改考卷時使用的對錯符號習慣與台灣略有不同，答題正確的題目上打圈，答題錯誤的題目上打叉。

項目……

『英文能力好不好，說到頭來靠的還是語感。』

我想起國中時期的英文老師曾這麼說過，當時我還覺得這個人講話怎麼這麼直接，不過——

『語感不好的人就盡量大量閱讀，如果只是要應付考試的話，這麼做就很有可能逆轉結果了。』

老師當時又接著這麼說了。我的英文語感大概不太好，所以接下來我得盡量以量取勝…………

「……啊咧？」

我的目光倏地停在其中一格答題欄上，我重新看了看試卷。

那是長文閱讀的最後一題，後半段有一句大概是在總結作者想法的句子被劃了線。

『My life is at a crossroads.』

我的翻譯是：「我的人生是條沒有方向的迷途。」

上面被打了叉叉，不過這不是重點，重點是閱卷老師用紅筆在旁邊寫下的解說……

『很美的翻譯。不過意思不對，從前後的文脈來看，這裡的 crossroads 應該翻譯為……』

我再次將視線移到考題上，像是要把劃線部分的英文一字一字仔細玩味般地確認過，再把目光挪回被寫上解說的答題欄上。

……很美的翻譯。

我又重複了一次相同的流程，從試題看到答題欄的解說。

…………很美的翻譯。

然後又再一次，在我正要再來第二次的時候，千帆跑來叫我吃晚飯，她開門之前又沒有敲門了，不過很不可思議地，我這次沒有念她。

……………老師說，這是很美的翻譯。

╳

「妳在傻笑什麼呀，海帆？」

晚餐時，媽媽把續添了飯的碗遞給我，一臉奇怪地這麼問我。

「呃～我哪有傻笑。」

好啦，其實有。

「我我我～千帆知道喔！今天Z會寄郵件來嘛，一定是考得很好，對不對呀，姊姊？」

滿臉飯粒的千帆朝氣蓬勃地舉手搶答。

「真的嗎，海帆？」

「嗯……誰知道呢，那種程度也還說不上好。」

我裝模作樣地啜了一口味噌湯。

「咦～那姊姊為什麼從剛才開始就一直笑？」

「嗯？哎呀，我只是在想，我說不定有英文方面的天賦呢。」

「可是妳的英文明明就沒考好啊？妳好奇怪喔——」

「不奇怪，妳還小，大概不懂吧？」

我拈起千帆臉頰上的一顆飯粒，把它改黏到下巴上。

「咦咦～妳絕對很奇怪，吶，爸爸，姊姊有英文天賦嗎？」

千帆轉頭拜託老是誇口自己只要看下半身、就能知道一個棒球選手有沒有天賦的爸爸，鑑定我有沒有天賦。

「當然有啦！」

結果爸爸想也不想地就點頭回答。

「哎呀～您真內行，真不愧是爸爸，我幫您倒酒。」
「哇哈哈哈，是不是是不是？有關於大海和妳們的事情我無所不知、無所不曉！」
「唷，大船長。」
「對吧對吧！」
倉橋家的餐桌上響起父女倆的歡笑聲。
「吶～吶～媽媽，姊姊有英文天賦嗎？」
「誰知道呢，既然他們兩個都說有，那應該就是有吧。」
媽媽一臉無奈捏下千帆臉頰上的飯粒，送進嘴裡。

當天夜裡。
我像平時一樣，吃過晚餐後休息一小時充電，然後再度回到書桌前，結果發現放在參考書旁邊的手機震動了起來，裡頭收到一則簡訊。

萬結：明天的模擬考加油喔～～～

萬結真有心，使用的圖畫文字也可愛，同樣是在鄉下地方長大，為什麼我們之間的女人味會差這麼多啊？我立刻回覆：『好的，我會加油。』就像萬結是女人味的化身一樣，我也是英文能力的化身！哎呀，這好像有點言過其實了。

我用自動鉛筆插進放在書桌一隅，正面朝下覆蓋在檯燈旁的英文答案卷，並且偷偷地翻起來瞄一眼。

……哎喲～我的翻譯居然被說很美。

不管看幾次都會不小心笑出來，真不可思議啊，看著這句話好像就會湧現出無限的活力，即使夜已經深了，我卻還是完全感覺不到睡意來襲。

我從來不知道，原來被某個人鼓勵是件這麼令人高興的事，看著這句點評，就會覺得我好像真的擁有學習英文的天賦一樣。

啊啊，對了，要不要把這張答案卷當成考試的護身符呢？我記得好像有用紙折成護身符的方法？Crossroads 的護身符，挺不錯的嘛，感覺可以提升英文成績，折護身符要用到兩張紙，試卷一張答案卷一張剛剛好，只要掃描進電腦，拿拷貝的那一份來複習就好…………啊啊，越想越覺得這主意真是太棒了！

「好！好事不宜遲！」

我拿著試卷和答案卷走出房間。

我好久沒用掃描機了，既然要印的話，那就再多印兩、三份來練習好了。

我小心翼翼地避免吵醒家人，躡手躡腳地走下樓梯，我有點心跳加速了起來，怎麼辦，腦袋越來越清醒了，今天的我實在不得了！

感覺今天好像可以一直念書念到早上…………

×

「……姊。姊……姊………」

不知道是誰在叫我，說話的人聲音彷彿來自遙遠遙遠的水中般含糊不清。

「快起來啦，真是的！」

啊咧？不是耶，這個人或許離我出乎意料地近，畢竟他在拚命地搖著我的身體。拜託快住手好嗎，我不知道你是誰，不過請不要這樣大肆地觸碰少女的身體。

「姊姊妳真是的！」

什麼嘛，是千帆啊，這個打一出生我就認識的人。怎麼啦，千帆？想玩遊戲的話等一下再說喔，姊姊現在正在念書呢。

「不可以睡啦，姊姊，妳今天不是要模擬考嗎？」

————！

聽到模擬考這個字眼，身體反射性地彈了起來。

「——好痛！」

結果脖子上突然傳來一陣刺痛。

「妳沒事吧，姊姊？」

比起脖子上的疼痛、比起我在不知不覺間趴在桌子上睡著了這個事實、比起千帆在我房裡這件事，房間裡的明亮度更令我震驚。

「現在幾點？」

我連眼鏡都來不及拿便連忙問千帆。

「呃……七點十五分。」

「…………」

靜待三秒後，我臉上失去了血色，不管怎麼看，我都應該在這個時間的五分鐘前離開家門才對。

「吶～吶～姊姊，妳睡到這麼晚，來得及去模擬考嗎？」

「…………」

廁所、洗臉、刷牙、換衣服、吃早餐、確認星座運勢等等……

我促使陷入恐慌狀態的大腦全力運轉起來，劃分出再怎麼沒時間也非做不可的事情以及可以省略不做的事情，最後光榮中選必須執行項目第一名的是——

「睡過頭啦——！」

把這個既定事實大聲地尖叫出來。

「海帆，一大早的那麼大聲做什麼，千帆都被妳嚇哭了。」

「對不起——」

跌跌撞撞地下了樓梯後，媽媽的說教隨即迎面劈來，我華麗地完成閃避衝進廁所，用最短時間解決盥洗程序，就這樣穿著室內衣衝到玄關。

「等一下，妳打算穿成那樣出去嗎？制服呢？」

媽媽從起居室裡探出頭來。

「在書包裡，我在船上換！」

「別說傻話了，換好衣服再去。早餐呢？」

「我想吃……但是沒時間！幫我打電話叫爸爸別開船！」

「怎麼可能啊。至少喝掉味噌湯再走，是加了蜆下去煮的。」

「我出門了——！」

我以破門而出的氣勢滾到外頭。

雲的位置很高，今天也是一片萬里晴空，已經甩開地平線的太陽將五島的海域照得閃閃發亮，這裡的海果然還是在早上時最美。

不對，現在不是悠悠哉哉地說這種話的時候啦！船、爸爸駕駛的渡船已經要入港了！

我全速衝了出去，穿著無袖上衣以及短到整條大腿全都露出來的短褲飛快地奔跑。

海神啊，求求祢，請讓我趕上！還有，求祢讓我在抵達船上前不要遇見任何人！

「唷，小海帆，這麼有精神啊。」

「早安，荒卷家的爺爺！」

嗯，我明白了，我明白第二個願望是白許了，所以，至少實現第一個吧！

啊啊，糟糕透頂，我在搞什麼飛機啊，居然在這種日子裡睡過頭。

抱歉了，千帆，虧妳還特地來叫我，我卻嚇到妳了。

對不起，媽媽，浪費了妳做的早餐。

糟透了，實在是糟透了，我最喜歡加了蜆的味噌湯啊！

「爸爸——等一下——！」

我朝著大海大叫，渡輪的汽笛聲像在斥責我「動作快！」似的鳴響了三聲。

「海帆！太好了，妳趕上了。」

看到我在鐘聲響起的同時滑進教室裡，原本擔心得不停偷看手機的萬結表情倏地放鬆下來。

「早、早啊，萬結……抱歉、沒時間……接妳電話……」

「沒關係沒關係，妳不要緊吧？來來來，快坐下。」

萬結朝我招了招手，同時幫我拉開椅子，看來老師似乎來得稍微遲了一點，安心、疲勞與飢腸轆轆的感覺同時湧了上來，讓我不禁軟趴趴地癱在座位上。太好了，至少在時間上是安全上壘的。

「妳好慢喔，海帆，我們擔心死了……哇！妳那張臉是怎麼回事？」

順便一提，除了時間之外的每一項統統出局，千尋的反應正如實地反映出我的現狀。

臉沒洗、睡到翹起來的頭髮也沒整理，制服由於被塞進書包裡而變得皺巴巴的，臉、頭髮和服裝都邋遢到不行，還全身大汗淋漓、氣喘吁吁，雖然這種話好像不該由自己來說，不過這麼拚命的女高中生實在是百年難得一見。

「好驚人的黑眼圈啊，海帆，妳昨晚有好好睡覺嗎？」
像是為了不讓大家看見如此狼狽的我一樣，萬結幫我梳了梳一頭亂蓬蓬的頭髮。
「嗯，有睡啊，欸……大概三個小時？不對，大概不到兩小時吧。」
「兩小時!?考試前夕妳在搞什麼鬼啊！」
千尋傻眼地瞪大了眼睛。
「沒搞什麼啊，就是很平常地在念書……」
「咦？這麼說，海帆妳一直念書念到早上嗎？」
萬結也傻眼了。
「嗯，一想到隔天就是模擬考，情緒就忍不住亢奮起來了。」
「…………………」
看到我點頭，她們兩人一副瞠目結舌的樣子面面相覷——
「唉～太認真的壞處這下跑出來啦～」
然後嘆著氣搖頭。
「什麼嘛，千尋！什麼叫做太認真的壞處——」
「嗨～早安啊～大家都到齊了吧～？」
正當我想要回嘴的時候，教室的門被人一把拉開。
「那麼，現在開始按照考試時的座位就座，遇到空著的位子就往前補上。」

班導山內老師腋下夾著一個厚厚的茶色信封袋走了進來，接著大家一起開始移動座位。

「很好，加油囉，一決勝負吧，兩位！」

「我不要加油——也不要跟妳一決勝負——」

「別太逞強了喔，海帆。」

我們也中斷了閒聊，各自往各自的位子走去，來考模擬考的只有選擇升學的人，所以座位和月考時的順序有點不太一樣，萬結坐到我隔壁的位置來了，這讓我有點開心。

「除了作答用的文具之外，其他東西全部收到桌子裡，考試時間開始之前不要翻開試題。」

老師將一疊疊試卷發給每排的第一個人，讓他們依序傳到後面。

第一節考的是英文，對我來說，一上場面臨的就是最關鍵的一科。

我深呼吸一口氣，將手伸進裙子口袋裡，指尖觸碰到折角折得整整齊齊的紙張清晰觸感，我昨晚和掃描機奮戰了三十分鐘，接著又花了三十分鐘找到我看得懂的摺紙方法，花了好一番時間後，最後總算皇天不負苦心人，成功地完成了這個護身符，總覺得只要摸摸它，就會有某種力量流進體內。

沒問題的，我有英文天賦，我這麼告訴自己，並且打開書包——

「…………」

然後就這麼傻眼了。

「有人沒拿到試卷嗎？鐘一響記得要馬上寫上名字喔，忘了寫名字的話，考試還沒開始就已經不及格啦……嗯？怎麼了，倉橋，妳在做什麼？」

老師眼尖地看到這個在考試即將開始之際還在手忙腳亂地翻找書包的女學生，並且詢問她。

「我、呃、那個…………我忘了帶鉛筆盒。」

「耍笨啊！」

考試前的教室裡充斥著哄堂大笑聲。

「妳是來幹麼的啊？跟別人借一下！忘記帶鉛筆盒的人在走出家門的那一刻就已經不及格啦！」

嗚嗚，好過分，有必要說得這麼狠嗎？我在再度響起的笑聲中，感覺自己連眼鏡的鏡片都紅了。

「海帆，妳跟我借就好了啊。」

不知道為什麼，連萬結也紅著臉把鉛筆和橡皮擦遞給我。

「不好意思，萬結。」

此時我突然感覺到有道視線盯著我的後腦杓，於是回頭一看，只見千尋手撐著臉，用嘴型對我說了些什麼，反正一定是在說我壞話，我才不去猜她在講什麼呢。

「開始。」

在鐘聲響起的同時，翻動紙頁與拿起鉛筆的聲音充斥了整間教室。

「先寫名字喔，馬上就會開始播放聽力測驗的題目了，大家記得要仔細聽。」

老師大概是被所有人的緊張感染了吧，今天話特別多。

我常常在Z會的聽力CD中聽到這種說法——聽力測驗比其他的筆試題型更難依照每個人的不同需求來進行準備，因此差距大多是在這個部分被拉開的，這部分我有自信，我快速瀏覽問題，並且等待廣播開始。

不久後，黑板上方的喇叭傳來茲茲的通電聲，接著播放出發自英美人士口中的流暢英語，而此時，緊接在後——

咕嚕嚕嚕嚕嚕嚕嚕嚕嚕嚕嚕嚕嚕嚕嚕嚕嚕嚕嚕嚕嚕嚕嚕嚕嚕嚕嚕嚕嚕嚕嚕。

我的肚子也播出了特大號的咕嚕聲。

……不會吧。

教室裡到處響起竊笑聲。

「妳到底想不想考啊，倉橋！」

老師帶著滿腔怒火，公布了妨害聽力測驗的犯人名字。

糟透了，實在實在是糟透了。

×

傍晚。

「啊～總算考完了～這也考太久了吧，真是的。」

和往常一樣的回家路上，千尋和往常一樣擅自坐上我的腳踏車後座，並且伸了一個大大的懶腰。

「考好久，而且好難喔，我的腦袋都快燒起來了。」

此外，萬結同樣和往常一樣走在我的左側，用兩手揉著額頭。

「這樣啊，萬結也覺得很難啊，那我不會也是當然的囉！」

「嗯，是啊，我覺得今天的考題整體都偏難，大概沒有幾個人考得好吧。」

「是喔是喔，我想也是～」

說完後，千尋從後座一躍而下——

「所以說，海帆，打起精神來！」

並且突然拍了拍我的肩膀。

「咦咦？我？妳、妳突然拍我幹麼啊，我又不沮喪。」

「嗯，好了，別逞強了，妳的認真全都寫在臉上，看得我都想哭了，請妳喝果汁啦。」

「啊，謝謝。」

等等，才不是咧！

「對嘛，打起精神來，海帆，今天不過是模擬考而已，能夠發現自己的弱點所在不是很好嗎？只要努力加油，下次克服它就好了。」

所以說，為什麼連萬結都來安慰我了？我什麼時候說我很沮喪了？

「海帆的弱點在於心理層面吧，要克服這個可是很困難的。」

「千尋，不要多嘴。再見囉，海帆，打起精神來，我會再傳簡訊給妳的。」

「拜拜，不要跳海喔，認真魔人眼鏡妹。」

「喔，嗯。」

她們回去了。

坡道走到盡頭後，我和往常一樣，在之前大家曾經相親相愛地衝進去的池塘前與她們兩人告別，她們兩人往住宅區，而我則是往港口。
怎麼搞的啊，她們從頭到尾都把我當成一個因為搞砸模擬考而心情低落的人來對待…………我明明什麼也沒說啊。
不知道為什麼，我無法邁出步伐，只能原地停著腳踏車目送她們兩人的背影。
千尋和萬結並肩走著，西斜的夕陽將較高的萬結和較矮的千尋之間的身高差放大拉長，勾勒在柏油路上，我喝了一口千尋給我的果汁，好甜。
眼淚好像快要掉下來了。
為什麼……我……明明什麼也沒說……卻還是被看穿了呢？我以為我拚命隱藏得很好，我真的表現得那麼明顯嗎？
一切起因，都在於一開始就讓我栽了跟頭的英文。
因為英文的緣故，我的步調被打亂，結果直到最後都沒能重整旗鼓。
我好不甘心，覺得好丟臉，口口聲聲說著模擬考多重要多重要的，甚至還開了讀書會，結果卻因為睡過頭而讓一切努力全部白費。
我把手伸進裙子口袋裡，將指尖碰到的清晰觸感收進掌中，用力捏碎。什麼很美的翻譯啊，稍微被誇一下就得意忘形了，更何況那答案還是錯的。什麼護身符，什麼有天賦啊！
我像是要補充從雙眼中流失的水分一般，大口吸了一口果汁，甜膩的果汁喝到第二口時變得更加甜膩。

朋友們對我的體貼讓我既高興、又難受。

「喔喔，海帆，妳那表情是怎麼啦？該不會是考試考砸了吧？」

當然，有人的不體貼讓我更難受。

在乘船處的碼頭上跟米元先生一起抽菸的爸爸，一看到我的臉就伸手指著我大笑。

「怎麼樣，被我猜中了吧？我最了解妳了，看妳一大早手忙腳亂成那樣，我就知道妳今天考試絕對要完蛋了。」

既然你早上就知道了，那為什麼不順便想到今天要安靜點別打擾我啊！不過我沒力氣這麼回嘴，於是沉默地從他們兩人之間穿了過去，走過舷梯。

「喂喂喂，不過就是拿一次鴨蛋而已嘛，別放在心上啊，天才少女，妳可是有天賦的！」

「不要那麼大聲啦！」

我又沒有拿鴨蛋！我奮力跺著渡輪的甲板，恨不得把甲板踩穿。

「你在講什麼啊，泰三？海帆有什麼天賦嗎？」

「喔喔，有啊，那傢伙有念書的天賦。」

海上男兒的大嗓門不顧我的意願追進渡輪裡來。

「是喔，真了不起，可是泰三你是怎麼知道她有沒有天賦的？」

「這我怎麼可能知道啊。」

「我就知道，啊哈哈哈哈哈哈哈哈！」

……我受不了了，還是移動到觀景席去吧，他們這些對話我再繼續聽下去真的會想跳海。

「泰三你這人有夠白痴，不知道還敢這樣隨便斷定。」

「你說什麼鬼話啊，小米，就是因為不知道所以才能斷定啊！」

「啊？什麼意思？」

「意思就是說，你想想，看腳不是可以看出一個人有沒有打棒球的天賦嗎？可是你有沒有念書的天賦誰也不知道吧？畢竟我們又沒辦法用眼睛看到腦袋裡面長什麼樣子。」

「原來如此，的確。」

「既然這種事誰也不知道，那就當作有就好啦！天賦這種玩意兒啊，要先自我催眠，長長自信，有了自信之後，天賦就會像江水一樣滔滔不絕地來啦！」

…………

結果，這兩個人的說話聲連在二樓甲板上都能聽得清清楚楚。

我在露天的長椅上坐了下來，任海風輕輕吹過臉頰。

「……自我催眠自己有天賦就好了嗎……」

能把人人渴望的「天賦」說成「這種玩意兒」的人，全宇宙大概就只有爸爸一個。

我把手伸進口袋裡，抽出已經變得破破爛爛的護身符，小心翼翼地把皺摺撫平、把折角理好。

『很美的翻譯。』

護身符不在意我心狠手辣的背叛，仍舊持續鼓勵著我。

引擎的震動搖晃著甲板，渡輪大幅度傾斜，出航了。今天瀨戶內海的海浪依舊平穩又溫柔，不久後，喇叭裡傳出一陣尖銳刺耳的聲音。

『感謝您今天搭乘姬座輪船，我是船長倉橋泰三，雖然是我自作主張，不過我想誠摯獻上今天的廣播給我心情消沉的愛女。』

又在說有的沒的，我今天也要被迫聽爸爸唱演歌嗎？正當我洩氣地這麼想時——

『哀、哀虎、路可的、欽特……惹、乙雷可吹口木、福唧、剁、剁、剁死賽斗……』

船內騷動起來。這也是當然的，因為從喇叭中傳來的不再是演歌的前奏，而是英文……這可以稱為英文嗎？反倒像是發音無比接近日文的日式英語。

這是什麼東西？你在講什麼啊，爸爸？

『哀、哀細、惹、拉虎惹……補、補摟肯、嗚英切絲塔……優喔魯……』

快停下來，丟臉死了！

大家都在笑了，你到底在講什麼鬼東西……啊咧？這個我知道，這句英文我知道耶！不不不，恐怖恐怖恐怖，我為什麼會知道？這句英文到底是什麼東西？

『死摸金……演的……演的……演的……』

啊啊，這個是……那個啊！

是我拿來做護身符的長文閱讀題目！可是，為什麼？

『演的……演的……這啥鬼？沒印好看不清楚叫我怎麼唸啊！』

對了！原來是掃描器！因為掃描器的機況不太好，我重印了好幾張，爸爸是把印失敗的考卷撿起來了！可是，他為什麼要唸這種東西？

『海帆，妳是有天賦的——！聽爸爸唸，加油啊——！』

……不會吧，這該不會是，那個意思吧？

爸爸是打算用他的方式幫助我學習英文嗎？

「──！」

理解到爸爸這個用意的瞬間，笑意一口氣湧上來，讓我忍不住放聲大笑了出來，我抱著肚子、搥著長椅，笑得東倒西歪。

爸爸你白痴啊！雖然我常說學英文要用聽的比較好，不過那種破發音怎麼可能對我的學習有幫助啊！啊～我不行了，肚子好痛，你快停下來……

『買賴福、以死、欸特嗯、苦、苦、苦……苦摟死弱的！』

爸爸太白痴了，居然做出這麼丟人現眼的事……真是太白痴了……居然為了我……

夕陽越來越晒，差不多要開始讓人汗流浹背了，不過現在似乎還是暫時不要下去比較好。

在這種情況下，要是再被人看到我哭得一團糟的臉，我這次真的會想跳進海裡的。

第四章

翔太　八月

「翔太，來練投接球吧！」

老爸和平時一樣，用他那不太容易聽得清楚的低沉聲音這麼說。

他戴上那頂一如往常的棒球帽遮住眼睛，大步且有力地走向那座一如往常的公園，身材高大的老爸走路很快，要跟上他、與他並肩而行很辛苦，我跑了起來，老爸卻只是笑，完全沒有放慢速度。

即使我叫他「等等我」，老爸也只是笑。

——滴答。

時鐘的分針往前走動，我被這個聲音吵了起來。

我又念書念到睡著了嗎？原本撐在臉頰上的手掌已經滑到耳朵下，腦袋似乎還半夢半醒，老爸的聲音在耳邊迴盪不去。

我是從什麼時候開始會夢見老爸的？我搖了搖頭，甩掉腦袋裡的睡意，在模糊的視野中間，時鐘的鐘面漸漸清晰了起來。

晚上8：40。

我嚇得跳了起來，把攤在桌面上的教材塞進書包裡，沿路將放在超商狹小工作間裡的所有東西——椅子、桌子、櫃子——統統撞了一輪，然後衝到賣場裡。

「對不起，店長，我來晚了，我休息完了！」

「謝謝惠顧。」

店長站在櫃檯裡，正好送走了客人——

「啊啊，高村，你醒了啊？」

他露出隨和的笑容，眼角擠出幾條皺紋。

店長的年紀大概剛過四十吧。

一頭自然捲的頭髮變得有點稀薄，戴著黑色粗框眼鏡，傲人的身高因駝背及削肩打了點折扣，雖然身上穿的是繡有店名的鮮豔制服，風采氣質卻更像是間書店或古董店的店長。

「真的很抱歉，店長，老是勞您關照！」

「別這樣，高村，不過就是遲到十分鐘而已，用不著道歉，反正這個時段沒什麼工作，閒著也是閒著，況且你準備考試很累吧？」

「可是，這和那是兩回事……」

「我家裡啊，也有一個年紀跟你差不多的兒子，所以我知道你有多辛苦，況且高村你一直都很勤奮，既然要休息的話，我想想喔，再休息個三十分鐘怎麼樣？」

「這怎麼可以！」

「高村真是認真啊。」

店長邊笑邊拍了拍我的背，就算我回答的是「那我就不客氣啦！」，想必店長也仍然會笑著拍拍我的背吧，從高一的春天開始算起，他已經讓我在這裡工作了三年，唯獨在這個人面前我不敢放肆。

「那，我去整理貨架。」

「啊啊，那個我整理完了，你去登錄一下要報廢的物品吧。」

正當我打算走出櫃檯時，店長叫住我，並且提起一個裝了已過保存期限的便當和沙拉的購物籃。

「是，我知道了。」

我拿起籃子和櫃檯旁邊的垃圾桶，打開幾秒前才剛從裡面衝出來的工作間的門。

「啊咧，店長？」

此時我扭過頭。

「怎麼了？」

「難不成，您在我剛才超過休息時間的時候，已經整理好貨架，也把要報廢的商品都下架了嗎？」

他明明說這時間沒什麼工作，閒著也是閒著的。

「啊啊……嗯，因為很閒嘛，所以就把高村你的工作也一併做完了。您好，歡迎光臨。」

這麼說完後，店長帶著笑容迎接客人。

我嘆著氣在辦公桌前的椅子上坐了下來，椅墊的彈簧發出吱嘎作響的聲音。雖然店長一笑帶過原諒了我的過失，但是類似的過失我這個月到底犯過幾次了？

最近的我明顯有點怠惰，也不知道是因為這一學期剛結束，還是因為告別了社團，但是不管怎麼說，幸好目前犯的都還只是小錯，我得趕緊重新上緊螺絲才行，畢竟我絕對不希望帶給店長麻煩，要是犯的錯越來越嚴重，我就不得不請辭了，雖然目前數量有漸漸變少，但是拒絕讓高中生打工的店家還是很多，要是被這間可以只上週六日的班、離家又近的超商炒魷魚的話……老媽大概會很高興吧。

「我在搞什麼啊。」

老媽原本就反對我打工，自從我從棒球社引退後，來自老媽的壓力與日俱增，現在不聽她念上幾句甚至就沒辦法出門了——「既然是考生，那就專心在學業上！」，我知道老媽說得沒錯，也知道她這麼說是為我著想，可是……

上大學後家裡負擔會增加，報考也不是免費的，老媽現在還是常常值夜班，我不能再繼續增加她的身體負擔了。

「我得振作點啊！」

我再一次、而且是說出口來告訴自己，然後把裝著報廢商品的籃子拉到腳邊。

我用專用的掃描器一個一個讀取商品上的條碼，然後丟進垃圾桶裡。

老練的店長在叫貨上經驗老到，要報廢的東西在數量和種類上都不多，我依序把便當、麵類、沙拉和甜點處理好然後丟掉——

「不好意思，高村。」

正當我打算去拿最後的飯糰時，工作間的門被人打開了。

「我要去整理後院，櫃檯就拜託你了。」

「咦？是這樣嗎？那個我待會兒去整理就好了啊！」

「沒關係沒關係，櫃檯交給你了啊～」

「等一下，店長！不能這樣啦！」

我追在店長後頭，我以為自己已經用最快的速度採取行動了，回到櫃檯時卻已不見店長的蹤影，只剩下通往後院的門在那裡搖搖晃晃。

……店長在急什麼啊？整理後院明明就是打工的店員的工作。

我很想繼續追上去，但是在店內有客人的情況下，總不能兩個人都鑽到後院去，

我迅速環顧店內，客人只有兩位，等那兩個人離開後我就立刻到後院去——決定之後，我站到櫃檯裡。

那位西裝筆挺的男士盯著飲料區看，但是好像沒找到他想買的東西，於是立刻就走了。

相反的，剩下的另一位身著連身洋裝的女孩子似乎確實有要買東西的打算，她手臂上掛著購物籃，專注地看著文具區，她在那裡拿了幾項商品放進籃子裡，接著又移動到藥妝品區去，也從那裡拿了東西增加籃子裡的內容物，然後把飲料區、零食區也逛過一遍，最後又再次回到文具區前。在把店內的所有商品陳列架都逛過一輪之後，她把裡頭堆成一座小山、以一般民眾在超商購物的習慣來說相當罕見的購物籃，怯生生地提到櫃檯上──

「麻煩結帳……………高村學長。」

明依一臉難為情地這麼說。

「真巧啊，明依。」

──嗶。

我決定先從長的東西開始下手，於是從堆成一座小山的購物籃裡抽出寶特瓶裝的咖啡刷條碼，知道我在這裡工作的人只有橫山一個，雖然這沒什麼不可告人的，但是被知道總覺得有點害羞，所以我沒有告訴其他任何人，因此，明依會出現在這裡自然——

「……真巧啊。」

是個巧合。明依這麼回答，聲音小到幾乎快要輸給刷條碼的聲音。

——嗶。

——嗶。

——嗶。

甜度高的運動飲料和甜度低的飲料、營養飲料、巧克力……只有掃描器讀取條碼的聲音填滿兩人之間的沉默。

明依看起來很尷尬地低著頭，手一下捏著洋裝的裙子，一下用食指捲著稍微變長了一點的頭髮，她偶爾會偷偷看我一眼，不知道是不是不想和我對上視線，她一直不肯把視線放到我的脖子以上。

「這麼晚了，妳怎麼還在外頭？」

——嗶。我一邊掃描瓶裝的提神口香糖一邊問。

「咦？啊，我們全家人到千葉的親戚家去，現在剛回來。」

「這樣啊。妳頭髮變長了。」

「咦咦？喔，對啊。」

「真難得啊。」

「每個人的頭髮都會長長的。」
「我不是說那個，而是說妳的洋裝。」
「很、很奇怪嗎？」
明依活像是被人指著說「妳沒穿衣服喔」似的狠狠抖了一下。
「不會啊，完全不會，只是覺得很難得看到妳穿裙子。」
——嗶。食品大致上都搞定了，於是我接著朝藥妝類下手，我從籃子裡拿出退熱貼。
「哪有啊，平常穿的制服不就是裙子嗎？」
「也對啦，不過妳向來都會在下面穿運動褲，我還以為妳討厭穿裙子，原來妳也是會穿洋裝的啊。」
「廢、廢話！我可是有很多件洋裝的。」
她挑釁的語氣虎頭蛇尾地沉了下去。
「……妳穿裙子很好看。」
「現在說也來不及了。」
我是想誇她的，為什麼反而被罵了？
為什麼呢，我覺得我好像老是在惹她生氣，最後一次說話的時候也是，在那之後大概經過一個月了吧？就是我和橫山他們在學校裡舉行引退儀式的那一晚。

這麼說起來，自從當時惹火明依以來，我們即使遠遠地看到對方，她也不肯過來好好跟我說句話，我停下忙著掃描的手，凝視明依的眼睛，而明依馬上別開了視線。

……難道她還在氣當時的事情嗎？我這才想到這個可能性。

──嗶。

──嗶。

──嗶。

藥妝品很快就弄完了，我開始處理最後的文具類──自動鉛筆、ＨＢ的筆芯、橡皮擦、原子筆、紅筆、麥克筆、筆記本。

「我們好久沒像這樣聊天了。」

明依冷不防地開口說。

「是啊。」

「是從引退儀式以來的第一次吧。」

……這點是無庸置疑的。

「一共四六五〇日圓。」

「喏。」

我收下明依遞來的五張紙鈔放進收銀機，並且取出四枚銅板。

「那個時候的事，我很抱歉，明依。」

「咦？」
明依收下找零，同時驚訝地瞪大了眼睛。一邊找零一邊道歉該不會是很沒常識的事吧？想到這裡，我心中後悔莫及，結果——
「我才應該向學長道歉！」
明依用幾乎掀翻整間店的音量大聲地說，並且用力地低頭鞠躬。
「——啊嗚！」
然後額頭就狠狠地撞上櫃檯了。
「妳沒事吧，明依！」
「沒事，沒事，沒事，請別在意。」
我超在意的。剛才那聲巨響聽起來完全不像沒事，維持額頭貼著櫃檯的姿勢不動連說三次沒事，看起來也不像是沒事的人會有的舉動。
「我當時說的話太自以為是，脾氣發得太自我了，其實我並沒有聽懂學長所說的意思，真的很抱歉！」
明依仍舊把額頭靠在櫃檯上，並且不斷地說著。
「這點小事妳不必在意啦，更重要的是，妳的頭沒事嗎？沒流血吧？」
「我沒有考慮到高村學長、那個……家裡的狀況，只顧著把我自己的妄想強加到你身上，真的……真的是……」

「我家的情況我自己考慮就好了。好了好了，快讓我看看妳的頭。」

「學長……」

明依總算把額頭從桌上抬起來，不出所料，上面又紅又腫。

「……好痛。」

「看來是很痛。」

剛買的退熱貼就這麼突然地派上了用場。

「好了，這樣應該就沒問題了，不過要是疼痛一直沒減緩的話記得到醫院去看看。」

「喔，謝謝。」

明依像是要確認退熱貼的觸感一樣，用手指壓了壓額頭上的貼片。

「軟綿綿的。」

「不要一直亂摸。」

「喔。高村學長果然很溫柔呢。」

「有人在眼前受傷了，任誰都會幫忙治療的吧。」

「我不是在說這個。」

「咦？」

「真的很抱歉。」

明依這次緩緩地鞠躬，再次向我道歉。

「別道歉了，我真的沒放在心上。難道妳這一個月一直都在糾結這件事嗎？」

「……是的。」

明依點頭。

「真不愧是魔鬼經理，這麼記仇。」

我開了開自己不是很擅長的玩笑試圖緩和一下她的心情，但是──

「請不要跟我打哈哈。」

明依沒笑。

「我是真的一直在想這件事，一直一直在想……」

然後，明依伸手不停地撫弄我叫她別去摸的貼片，一邊摸著一邊低下頭去。

「我當時是真的生氣了，我不能原諒學長當時的發言，氣得不得了，氣到反而開始想……『高村學長這麼讓人火大，我為什麼還會、那個、呃……那麼相信他呢』？」

明依像是要用舌頭確認每個字的形狀般慎重地斟酌用詞。

「於是我一直想一直想……發現我一直以來可能都想錯了。」

「想錯了？」

我還是抓不到明依想表達的重點，而明依將手貼在額頭上，抬起眼睛凝視著我。

「我……啊，更正，我們之所以能夠一直追隨著高村學長的真正理由。」

「……咦？」

「我試想與高村學長共同度過的這兩年，腦裡出現的儘是學長照顧三年級的人、鼓勵學弟妹或幫助我的身影，因此我這才發現，我們之所以追隨學長，不是因為學長喜歡棒球或是棒球打得好，而是因為學長的溫柔。」

「喂，等等，妳突然說這些做什麼？」

拜託不要在我面前對著我說啊！為什麼這個人能夠這麼直接地表達她的心情啊！

我不知道該用什麼樣的表情面對她才好，於是語無倫次地邊說邊把退熱貼的垃圾揉一揉丟進垃圾桶，而明依則是一直盯著我的動作——

「學長果然是左撇子。」

在垃圾自我手中丟出的瞬間這麼脫口而出。

「咦？」

被丟出去的垃圾穿過半敞的門縫，唰地一聲正中被拿到工作間裡面、用來裝廢棄物的垃圾桶紅心。

「我聽橫山學長說了，他說高村學長其實是左投。」

……那傢伙怎麼這麼多嘴。

「偶爾啦。」

我立刻想搪塞過去，但是明依的眼神已經變了。
「橫山學長說：『如果我是個可以接住那傢伙全力投出來的球的捕手，當初和速水商業比賽的結果或許可能會改寫』。」
「怎麼可能啊。」
「可是……」
明依強忍著眼淚，用力咬緊了牙根。
「高村學長，你果然還是應該繼續打棒球——」
「明依。」
看到明依激動到身體邊說邊向前傾，我打斷了她的話——
「抱歉，沒能帶妳到甲子園去。」
並且緩緩地這麼說。
「……學長。」
明依緊繃的身體突然卸去了力氣，她帶著泫然欲泣的表情閉上眼睛——
「……學長果然，是個很溫柔的人。」
然後寂寞地微笑了。
「我回去了，抱歉打擾了。」
明依最後又低頭鞠了一個躬，從購物袋中拿出兩罐寶特瓶裝的運動飲料。

「喂！明依，這個……」

我搖了搖被留在櫃檯上的塑膠袋，但是明依卻直接走出自動門——

「考試請加油。」

為她之前明言過不會支持的考前複習送上聲援，離開了店內。

然後，她跨上腳踏車，像往常一樣鈴鈴鈴地鳴響鈴聲，騎著車離去。

……那傢伙騎著腳踏車到千葉去？

我的視線落在明依留下來的塑膠袋上。

咖啡、提神口香糖、甜味巧克力、營養飲料、零食、退熱貼、文具……裡頭全都是對考生而言十分有幫助的東西。

我倏地抬起頭，發現有一輛腳踏車追在明依後面騎過去，上頭那龐大的體型讓被騎的腳踏車顯得很可憐。那體格我絕對不會認錯。

「是橫山啊……」

那傢伙實在太多嘴了。

╳

「……啊咧？」

走上公寓外頭階梯的最後一階時，我發現屋內沒有開燈，由於我是在打完工後馬上回來的，所以現在時間大概是在晚上十點十五分左右吧，老媽說她今天值日班，照理說應該已經回來了，別人的作息如何我是不知道，但我知道這個時間老媽絕不可能已經睡了……

一打開門，裡頭就飄出強烈到彷彿凝結成塊的酒臭味。

我突破這股感覺拿個打火機來點火就會爆炸的空氣，打開客廳的電燈，只見客廳呈現一片彷彿被翻過去再倒回來似的慘狀，而老媽就在這一片狼藉的房間中央，把臉埋在矮桌上。

以上這些情況都在我的意料之中。

「老媽？」

唯一的意料之外是——太安靜了。

我回來後明明一聲招呼也沒打就冷不防地開了燈，但是老媽卻沒嚷嚷也沒跟我胡攪蠻纏，只是安安靜靜地趴在那邊。

「老媽？妳身體不舒服嗎？」

我不安了起來，於是又叫了她一次，結果看到她抬起左手招了招，示意我「過來過來」。雖然我本來就不認為她掛了，但還是因此鬆了一口氣，乖乖地走到她旁邊坐了下來——

「——！」

結果突然被她一言不發地抱住了。

「……咦？」

這有點太出乎意料了，帶著溼氣的臉頰夾帶著令人喘不過氣的酒臭味，埋進我的脖子裡。

「老媽……？」

她有多久沒有像這樣抱住我了呢？

我當下馬上就發現老媽並不是在發酒瘋跟我鬧著玩，但是，即使明白這點，我還是不知道該怎麼辦才好，我既不可能抱回去，更不可能把她推開。

結果我連根手指頭也不敢動，就這麼任由老媽抱著，數著老媽的心跳，這是我曾幾何時聽過的心跳聲，就在我數到超過第一百下時——

「小翔你和他長得越來越像，害媽媽都認錯了……」

老媽突然毫無預警地這麼說。

「咦？」

「你餓了吧，媽媽馬上去做飯。」

老媽砰的一聲拍了拍我的背，這個動作讓原本奇妙的時間彷彿全部重新開始般突然流動了起來。

「啊，嗯。」

而我抱著一種像是被人丟在那股不可思議的氣氛中的心情，目送著老媽走進廚房。

「嗯？」

然後，我在視野一隅發現了討人厭的東西，於是我立刻用手撐著身體探頭去瞧矮桌底下。

「哎呀～被發現了。」

老媽在廚房裡故作搞笑地拍了一下額頭——桌子底下散落的是一堆空了的燒酒酒瓶。

「妳把這些全部喝光了嗎，老媽？」

「有什麼關係，反正明天不用上班嘛。」

就算是這樣，這喝酒的速度也太不正常了吧！這麼喝絕對會出事的！

「我跟妳說過，叫妳不要再喝成這樣了吧！」

「討厭啦～不要生氣嘛～媽媽一個人喝著喝著，不由得就覺得宮田的禿頭越想越讓人火大嘛。」

「妳怎麼都回到家了還在氣啊。」

「嗯～為什麼呢？大概是性格使然吧，媽媽就是這種沒辦法當場發飆的個性嘛，總是要到後來情緒才會慢慢上來，這種感覺你懂嗎？『先是遇到討厭的事情，然後這件事在心裡留下疙瘩，後來就越想越火，等回到家一口酒下肚後就達到最高潮』的感覺，小孩子大概不懂吧～？」

我懂啊，因為我也是這種類型。

「啊～啊，難得我喝得這麼爽，卻被小翔罵了～真是的，那個禿子真是到哪裡都給人添麻煩。啊，對了，小翔，你的情書又來了喔，我心情不好，可以看嗎？」

「不可以。」

看了之後，老媽絕對會鬱卒到無以復加。

「啊～不行，受不了，鬱卒到受不了，好吧，再來喝一杯——」

「不准再喝了！」

「是說，小翔，你今天也去打工了吧？我不是跟你說過，考生就該專心念書嗎？」

「妳要在這種時候跟我說這個嗎？」

再度拿起燒酒的老媽在這一刻又完全回復了平時的模樣。

面對用令人驚異的技術同時做完好幾道菜，同時以令人驚異的氣勢開始發起牢騷的老媽——

我一邊回房間換了件衣服、收拾矮桌四周、突襲做好的晚餐一邊含糊地應著她，老媽一點也不在意我有沒有在聽，只是一個勁兒地以燒酒為燃料不斷釋放她的壓力。

即便如此，在我雙手合掌說出「我吃飽了」這句話時，老媽似乎總算心滿意足了，她把空了的酒杯往矮桌上一放，呵出一個充滿睡意的哈欠取代原本的謾罵。

「吶，小翔，明天媽媽不用值班，我們偶爾也出去外面吃吃午餐吧？就當作是準備大考之餘的放鬆。」

老媽枕著攤在矮桌上的左臂說。

「抱歉，我明天得出門，我沒跟妳說過嗎？」

「說是有說過啦……哼，小翔好冷淡，算了！那媽媽自己出門。」

「很好啊。」

我把吃完的盤子疊起來，拿到流理臺。

「哇！真的好冷淡！」

「我沒有。偶爾一個人獨處不是也很好嗎？」

需要轉換心情的人應該是老媽吧。

「這樣……可以嗎？嗯～真的可以嗎？咦～可以嗎？」

老媽像在說夢話似的碎碎念著。

「吶，小翔，我真的可以嗎？」

「可以，妳就去吧。」

我往流理臺裡蓄水，同時頭也不回地這麼回答，結果——

「這樣啊！謝謝你，小翔，欸嘿嘿，那媽媽要打扮得漂漂亮亮的等人來搭訕！」
老媽十分費勁地站起身來，像是要靠上去似的拉開寢室的拉門——
「愛你喔，翔太！」
並且留下這麼一句話，接著關上房門。
聽到母親對自己說這種話，我到底該做何反應才好啊？

×

隔天早晨。
——滴答、滴答。
我被分針走動的聲音喚醒，在鬧鐘響起之前關掉了鬧鐘。
我暫時維持著原來的姿勢靜止不動，看了看和室的情況——老媽連個身都沒翻。
她應該會睡到中午，我小心翼翼地避免吵醒她，悄悄地折好棉被溜出木質地板房間，
客廳裡飄著一股酒臭味悶久了的潮溼氣息，活像是這間屋子宿醉了似的。
我拿昨天的剩飯剩菜簡單解決了早餐，然後換了件衣服。
「我出門了，老媽。」

我壓低聲音說完後，走出玄關，結果一出門就馬上被紅外線逮個正著──好熱！太陽明明還沒升到最高點，卻已經熱得讓人受不了了，看來東京今天也會出現恐怖的高溫。我想了想，回到屋裡拿了頂帽子戴上，然後才再次往外頭走，總覺得氣溫在這幾秒內又上升了。

要去車站的話這麼走會繞點遠路，不過我的腳步還是自然而然地往公寓後面邁去，走了十秒後，我在公園的入口處停下來，看著夏天強烈的陽光在地面上重重地畫出一道道遊樂器材的影子。

「我出門了，老爸。」

我心中的老爸果然就待在溜滑梯旁邊。

新幹線準時從東京車站發車。

買票、上車的過程順利得有點掃興，似乎和搭乘一般的電車沒有什麼差別，讓我覺得考量到這是我第一次自己一個人搭乘新幹線，於是幹勁十足地提早一個小時到站的我簡直像個蠢蛋。大概是因為時間說早不早、說晚也不晚吧，現在雖然是暑假期間，車廂內卻意外地空蕩，基本上大多是男性上班族，學生好像只有我一個。

過了品川站，確認過左右兩邊的座位都沒人坐之後，我拆開老爸寄來的信，裡頭和往常一樣裝著簡潔的現狀報告與一張照片，看來現實中的老爸人似乎在捷克，這張照片上用老爸獨特好認的字跡寫著：「像玩具一樣的城鎮」，照的是緊緊貼著陡峭崖壁而建的一棟棟白色人家，我看了好一會兒，然後把照片收進包包裡。

接著我抽出幾本試題集，確認一下手機上的時間——抵達目的地之前要做完四個科目，訂好進度後，我關掉手機的電源。

「姬座，姬座到了。」

我像是被車上廣播攆下車似的走下月台。

從新幹線轉乘民營鐵路後要搭四十五分鐘，有這麼多時間，我卻沒能及時把最後一個科目寫完。

為什麼我會這麼想睡啊？我明明一直都有在運動，集中力卻這麼低，我對無法持續保持緊張感的自己感到火大，由於太不甘心了，所以我在月台的長椅上把最後一科寫完後才離開車站。

我用五分鐘從民營鐵路車站徒步走到公車站，原本以為走在綠意環抱的鄉間道路上應該會很涼爽，結果事實證明我錯了，我在這短短五分鐘內徹頭徹尾地出了滿身大汗。令人難以置信的是，我居然連在公車上都昏昏欲睡，幸好公車只花十五分鐘就抵達目的地了，我想睡也沒時間睡。

「姬座港渡輪碼頭前，姬座港渡輪碼頭前，終點站到了。」

在終點站跟我一起下車的乘客只有兩個人，在看到海的那一瞬間，念書進度停滯不前的不安、陽光的炙熱及莫名其妙的睡意統統消失得一乾二淨。

我像被吸過去般邁開腳步，往與渡輪碼頭完全相反方向的臨海公園走去，這座公園的規模大概有公寓後面那座小公園的幾十倍大吧，我走到這座空曠公園的盡頭，在沒有遮蔽物的情況下直接將平靜無波的瀨戶內海盡收眼中。

好美。很平凡，但我卻覺得很美。

上次看海是在國中的時候吧？就算我以為自己早就在電視上或照片裡看習慣了，但是看到實際的海時還是會被它所懾服。

回過神來，我才發現我已經在這裡看海看了超過十分鐘，不行不行，再看下去我可能就要在這裡耗完一整天了，我扭了扭脖子，環顧四周，發現公園一隅有間小小的神社，應該是在祈求海上安全的吧。再過去有間學校，校舍在一座小山丘的山腰上闢地而建，是高中？還是國中？像他們那樣將海視為日常生活中的一部分、在與海比鄰的環境中長大的孩子們，會是以什麼樣的眼光來看待世界的呢？

我最後又一次看了看海，心臟在海風的煽動下劇烈地跳動起來。

我在渡輪碼頭裡油漆剝落的長椅上坐了下來，望著在海浪間漂浮的海鷗，結果聽到汽笛響了三聲，一艘遠比想像中更小型的輪船駛進了碼頭。

兩名吸著菸、在此之前看起來一直很閒的船員用一種「哎呀呀」的感覺開始動了起來，他們接過船上丟來的手臂粗繩索繫在碼頭上，然後，我記得那叫做舷梯吧？待他們遞過鐵製的臨時橋之後，船上的乘客們不疾不徐、悠悠哉哉地走下船，待這批攜家帶眷的家庭和大嬸集團下船後，下一批坐上船的幾乎都是來做海水浴的遊客和釣客，其中有一名戴眼鏡、穿制服的女高中生孤零零地混雜在裡面，看起來特別顯眼。

她看起來是個很認真念書的人，從我走到碼頭來之前就一直專心致志地瞪著參考書，在一個背著小學生書包的女孩子——那應該是她的妹妹——在她耳邊大叫之前，她好像都沒有發現船已經抵達了。

我跟在這對慌慌張張跑過舷梯的姊妹後面上了船。

我不知道該坐在哪裡才好，於是東張西望了一圈，最後是一名大嗓門的船員告訴我：「喜歡哪裡隨便坐！」。船內和船外各有一個供乘客乘坐的區域，裡面的客艙好像有開冷氣，不過我還是毫不遲疑地跟著「觀景席」的指示牌上了樓梯。

塑膠製的雨篷屋頂和管狀長椅，這些就是二樓座位區的所有東西了。

正當我穿插在幾名觀光客當中，抓著欄杆看著船隻離岸時，船隻突然毫無預警地晃了起來，毫無預警地離開了碼頭，這是我第一次搭乘輪船，所有一切都與想像中不同。

船隻在水面上掀起白色浪花，不斷地加速，風很大，我的帽子都快要被吹走了，但是我卻離不開欄杆旁，大海沐浴在陽光下熠熠生輝，海的另一邊有幾座島嶼的影子，我確認了一下手冊，那就是姬座五島嗎？距離最近、看起來特別大的那座島嶼是姬座一之島，意思就是說，在它前方就是……

「喂，看到劍玉岩了！」

來做海水浴的遊客中有人大喊，我反射性地抬起頭來。

有了！就是它！就是那座島！

我從書包裡拿出老爸拍的照片放在旁邊比對，沒有錯，就是那座漂浮在海浪間、被削成十字形的小島，就是那座掛著破爛注連繩的小島，就是那座很適合演歌的小島……那座島就是照片上的島！

在一群人人皆發出歡呼聲且猛按快門的乘客中，我只是一個勁兒地比對著照片中的劍玉岩和現實中的劍玉岩，等待著那一瞬間。風吹得照片翻飛，船漸漸拉近與島嶼的距離。

——來了！

照片與現實的構圖完完整整地重合了！

就是這裡！

我大口吸氣，豎耳聽，凝目望，我張開嘴品味空氣，用力抓緊了鐵欄杆，腳下踏穩甲板，用盡全身的感官，將現在、將這一瞬間像照片一樣捕捉留下。

老爸當時就在這裡。

這是老爸看到的景色、老爸呼吸的空氣、聽到的聲音、抓到的觸感、體驗到的感受！我拚命地追逐著老爸，我一直想到這裡來，從我第一眼看到老爸的照片時就一直想這麼做。

島嶼越來越近，老爸就是在這裡拿起相機的，他當時應該很忘我地在按著快門吧，同時還用手壓著快被風吹走的帽子，就像現在的我一樣。說不定他和我坐的還是同一輛公車？他去過公園嗎？在公園裡看過海嗎？有注意到那間神社嗎？反正他的心情一定和我一樣興奮吧！他也是坐在那張掉漆的長椅上等船的嗎？他看到海鷗了嗎？有沒有被船索的粗度嚇到？渡輪意外的小，他應該也覺得很吃驚吧？走過舷梯時是不是有點害怕？他應該也覺得，船隻在水面劃出的水浪看起來就像是條大魚的尾巴吧？看到被海浪沖刷的劍玉岩，他是不是也會想，球會落到那上面嗎？

吶，老爸……你當時有想起我嗎？

突然，我有種不對勁的感覺，於是意識重新回到現實中。

是聲音，但是又好像有點不太對勁，喇叭裡剛才還播放著平凡無奇的船上廣播，現在傳出來的卻是、英文……………這可以說是英文嗎？或者應該說是與日文只有一線之隔的日式英語？可是，我又覺得好像在哪裡聽過……

「你嚇到了吧！」

「咦？」

腰突然被人一拍，我嚇了一跳，回過頭去，發現那個背著小學生書包的女孩子不知道何時跑到這裡來了，她臉上帶著充滿自信的笑容站在那邊。

「大哥哥，你是本島的人吧？是來看劍玉岩的嗎？」

她的個性似乎很親人，完全不怕我這個來自島外的人士，就這樣跑到我身旁來抓住欄杆。

「啊，嗯，對啊。」

「這樣啊～那你聽不到爸爸的船上廣播了，好可惜喔。」

「……廣播？」

「嗯，我爸爸是這艘船的船長喔，很厲害對不對！」

女孩驕傲地這麼說，並且跳上由三條橫槓組成的鐵欄杆最底下一層坐好。

「嗯，好厲害啊。」

這舉動她做來看似稀鬆平常，不過這船搖得這麼厲害，一想到她會不會失足滑落我就心驚膽顫。

「爸爸的廣播很受歡迎喔！因為爸爸的廣播很有趣，還會唱唱歌之類的，唱那麼爛還愛唱。」

「這樣啊……不對，原來是這樣啊！」

「欸嘿嘿嘿～」

女孩露出無憂無慮的笑容，又往上坐了一層，雖然她牢牢抓著最上面的一條欄杆，腰部以上卻已經呈現完全懸在欄杆外的狀態了，正當我遲疑著要不要阻止她時，女孩又再度開口說。

「可是啊，今天是學校的返校日，姊姊也在船上，所以就沒有廣播了。」

「沒有了？」

「嗯，姊姊搭船的時候，爸爸都會像這樣讓她練習英文『聽力』，因為姊姊是考生。」

練習英文聽力？這種發音嗎？有沒有搞錯？

「雖然姊姊每次都叫爸爸不要這樣。」

我想也是。

「可是啊，姊姊那是騙人的啦，我知道她其實很高興的，那孩子真是一點都不坦率，跟她老爸一個模樣。」

這是在學她媽媽吧？女孩子刻意雙手環胸、蹙起眉頭。她沒有繼續做出往上爬的舉動是很好，不過把手從欄杆上放開這點更恐怖，就在我差不多想要叫她從欄杆上下來的那一刻——

「哎呀，不過騙人這點爸爸也一樣啦。」

女孩子的笑容有點黯淡下來。

「爸爸啊，雖然支持姊姊，但是其實並不希望姊姊去參加考試，因為姊姊要是去了東京他會寂寞。」

「……妳姊姊要報考東京的大學嗎？」

「嗯。」

那個用彷彿要穿破眼鏡般的目光瞪著參考書的女孩子。這樣啊，那個女孩子說不定會成為我的競爭對手。

「其實我都知道，不只是爸爸，媽媽也不想要姊姊去東京，可是大家還是支持姊姊念書，我們家很奇怪對不對？」

我什麼也沒說，只是輕輕地摸了摸女孩柔軟的頭髮。

這不奇怪，因為這就是家人啊，那個女孩子也是因為了解父母的心情，所以才能那麼認真地投入課業之中吧。這種離島上應該連家補習班都沒有，在課業上，她和老是輸給睡意的我打從開始所下的覺悟就不一樣，我有種被她一巴掌打在睡傻了的臉上的感覺。

「啊～啊，真是的，我家的人怎麼都那麼愛說謊呢～」

女孩將雙手伸直成水平，在欄杆上搖晃著身體。

「……姊姊到東京去妳沒關係嗎？」

「咦？」

我將女孩抱下來放到甲板上，並且這麼問她。

「嗯……」

女孩並沒有掙扎抵抗，而是任由我將她抱下來，站到甲板上——

「我不希望姊姊去東京，因為會很寂寞。」

並且露出太陽般的笑容這麼說。

「搞什麼嘛，原來我也在騙人，我們家的人都愛說謊——！耶——！」

不知道在開心什麼，女孩樂不可支地高舉雙手，然後——

「吶，大哥哥！」

「哇噢！」

這回她順著舉手之勢撲到我背上，為了避免女孩掉下去，我們自然而然地形成了我背著她的狀態。

「大哥哥是一個人到這裡來的嗎？」

「咦……？」

我之所以沒辦法立刻回答女孩的問題，是因為她快掉下去了，我在調整姿勢重新站好。

但是，即便如此，不期然地支吾起來的我，還是將已經開始遠去的劍玉岩盡收眼簾，同時說——

「不，我是和爸爸一起來的。」

只有現在這一刻也好，就讓我加入幸福的騙子家庭，成為其中一員吧。

「海帆，吃早餐囉——！妳起床了嗎——？」

「起床了——我這就下去！」

我大聲回應樓下媽媽傳來的叫喚，視線再度回到眼前的英文考卷上。

最後一題，四個選項。

①和②一看就知道是錯的，我強忍住因為連續三題答案是④所以想選③的衝動，從文法上的錯誤剔除掉③，在活頁紙上寫上④。

——結束。

我把自動鉛筆往書桌上一丟，按掉隨即開始響起來的手機預設鬧鐘。

「很好……」

我吐出一口氣，靠上椅背，解除緊張的瞬間，肩頸倏地襲上一股沉重，閉上眼睛之後，一陣近似疼痛的陣痛在眼瞼裡縈繞不去，大概是因為我長時間維持著相同的姿勢吧，背部和腰部發出陣陣哀鳴。

「寫完了…………」

即便如此，成就感還是遠勝於身體上的疲勞，這是我的第一志願學校的考古題，之前我別說是解題了，就連看都看不懂，雖然不知道對了幾題，不過這回總算是以假想正式考試時的時間分配從頭寫到最後。

謝謝您，老師，英文果然就是要以量取勝啊……

「適可而止喔，海帆，妳要遲到了！」

「好——我現在就下去——」

我站了起來，無暇沉浸在餘韻之中。

拉開窗簾，迎接早晨進入房間，閃閃發亮的大海展現在眼前，五島的海果然還是在夏天早晨最美了。

九月一日，上午六點三十分，我高中生涯的最後一個夏天，就此結束。

穿上久違的制服不知道為什麼有種微妙的羞恥感。

每年結束的時候回想起來，都覺得暑假轉眼就過去了，唯獨今年讓人覺得特別漫長。這個夏天感覺真的很漫長，但是，和體感時間比起來，為什麼值得一提的回憶卻是這麼少呢？因為這一個半月用一句「在念書」就可以囊括大半了吧。

生活節奏切換成早睡早起的日行性，從天亮到天黑一心埋首於書桌前的每一天，不看電視、不打遊戲、不去旅行、不去玩樂、也不曾和千尋及萬結她們見面，把十八歲的夏天全部奉獻出來準備大考後我才知道，準備考試最痛苦的不是「念書」，而是為了念書什麼都「不做」。

最最痛苦的莫過於「不看」高中棒球賽了，對我而言，說夏天是為了這一大盛事而存在的也不為過，所以要是不小心看了一秒，我絕對就停不下來了，正因為我知道我會停不下來，所以我萬分悲慟地下定決心戒掉甲子園，告訴自己今年沒有高中棒球賽，電視轉播自然是不用說，我還杜絕了廣播、報紙、網路、體育新聞……等一切有關於甲子園的資訊。

……我是很想這麼做啦，不過人類真是種無力的生物啊，有一件事，唯獨這一件事，憑我的力量根本莫可奈何。

我聽得到，當我白天一個人對著書桌苦讀時，一樓總會傳來千帆和爸爸收看電視轉播的歡呼聲，在每一次的揮棒及每一顆的投球中交替著悲歡哀喜。

這實在是太難熬，我都要哭了，我好幾次覺得灰心氣餒，但是我熬過來了！我賭上一口氣繼續埋頭苦讀，一邊哭一邊摸著護身符念書。

我輕輕地拉開書桌的抽屜，我偷偷收在右邊角落這個固定位置的護身符啊！每當我摸著它，心情就會奇妙地沉澱下來，它是孤獨的我唯一的同伴，這個為我承擔了整個夏天的壓力的護身符如今已經磨損得很厲害了，但是只要想到這是我努力念書的成果，就會覺得它是如此令人驕傲。

「海帆，妳不想去學校了嗎？」

「去去去，絕對要去！」

聽到媽媽第四次叫我，我連忙衝出房間。

「那就動作快點，要來不及了喔！」

「好啦——」

我從扠著腰站在樓梯下的媽媽身旁竄過，跑進起居室，說完「開動」後用三分鐘解決掉早餐，然後拉著千帆跑出玄關。

我怎麼可能請假啊，知道我有多麼期待今天這個日子嗎？把夏天奉獻給課業後才明白的還有另一件事，那就是在家裡念書念太久了之後，連去上學都變得像是去遠足一樣快樂了。

「早安，海帆，好久不見。」

進入久違的教室、坐上久違的位子後，久違的萬結馬上就來找我說話了。

「早安。啊咧？萬結，妳剪頭髮了？」

聽到我問起她那頭讓人忍不住想摸一摸的髮型——

「是啊，看起來很奇怪嗎？」

萬結不好意思地摸了摸剪得短短的頭髮。

「才不會，很可愛！」

「真的嗎？太好了。海帆妳倒是都沒有變呢，暑假有到哪裡去玩嗎？」
「完全沒有，一直在念書，萬結妳呢？」
「我家今年也只有在盂蘭盆節（註6）時回家掃墓而已。」
「也是呢，高三生都這樣，不知道千尋她家的情況怎麼樣……咦？千尋還沒來嗎？」
講到玩樂話題，照理說千尋應該會爭先恐後地說個不停才對，可是我卻沒看到她的人影，我迅速張望一圈——
「她在睡覺。」
啊，還真的，我順著萬結指的方向看過去，發現千尋正曲著嬌小的背脊趴在桌上。真難得啊，上課時間也就算了，千尋居然會在休息時間睡覺。
我和萬結交換了一個眼神，不約而同地往千尋的座位走去，我們沒有特意放輕腳步和聲音偷偷接近，但是——
「妳在睡覺嗎，千尋？」
「咿！怎麼了!?」

註6　日本傳統節日，日本人會在這個日子祭祖、掃墓。明治維新前盂蘭盆節定於舊曆七月十五日，明治維新後部分地區維持傳統，部分地區改採新曆，定於七月十五、八月十五等不同的日期。

我一拍她的背，千尋的身體就像彈簧一樣跳了起來。

「什麼啊，原來是海帆喔，不要嚇人好不好。」

「我才被妳嚇到了咧，妳一大早的就在做什麼啊？」

「沒、沒、沒有啊，我什麼也沒做，什麼也沒看。」

「什麼？」

千尋很明顯地表現出她的驚慌失措，此時，有什麼東西從她的腿上砰的一聲掉到地上。

「嗯？妳有東西掉了喔，千尋。」

「嗚哇——！不准看，萬結！」

結果，千尋裝睡偷看的東西不是漫畫、不是手機、也不是情書，而是——

「試題集？千尋妳在念書嗎？」

萬結難以置信地翻開她撿起的試題集書頁。

「有什麼關係，還我啦。」

兩個月前才揚言她絕對不在休息時間打開單字本的千尋，慌慌張張地搶過試題集，她這罕見的拚命模樣令我很在意，不過我更在意的是……這傢伙晒黑了呢。

「幹麼啦，海帆，幹麼一直盯著人家的臉看。」

「沒有啦，只是在看整個暑假期間玩瘋了的蟋蟀長什麼樣子。」

「嗚哇！不要看、別看！我才不是蟋蟀！」

千尋拿試題集當盾牌，擋住她那晒得黝黑的臉。

「被我猜中了吧，蟋蟀千尋。」

「吵死了吵死了——」

「好了啦，海帆，不要這樣欺負人，千尋很可憐耶。」

總是站在弱者那邊的萬結袒護著千尋。

「就是嘛就是嘛，我很可憐耶，不准欺負我，認真魔人眼鏡妹！」

「抱歉抱歉，我不是要欺負妳啦，誰叫千尋妳念個書要鬼鬼祟祟的，是有什麼不懂的地方嗎？英文的話我或許可以教妳，說說看哪題不懂？」

我拿過幾乎全新的試題集——

「全部。」

「…………」

然後又直接合起來還給千尋。

「吶，海帆，我現在開始念書還來得及嗎？」

千尋抓住我的手，哭喪著一張臉。

「妳問我來不來得及……」

真是拿這個人沒辦法……

「當然來得及啊，所以我們一起加油吧！」

「真的嗎，海帆！」

不然我還能說些什麼。

「我們再來開讀書會吧？」

萬結也微笑著握住千尋的手。

「海帆！萬結！謝謝妳們！我會加油，絕對會加油的！哦哦哦——我有幹勁了——！我從今天開始脫胎換骨，從蟋蟀重生為考生啦！」

千尋花了五個月的時間，總算有了自己是考生的自覺，她宣告與怠惰的過去訣別，像是要昭告天下全新的自己就此誕生般高高地舉起試題集。

「就是這個氣勢，千尋！那事不宜遲，我們這個週末就來開讀書會吧！」

「啊，這個不行。」

然後，又馬上把試題集放了下來。

「我星期六、日要開始打工了。」

…………………啥？

我要昏倒了。怎麼搞的？總覺得，我剛才，好像出現了嚴重的幻聽。

「哎呀～因為妳們兩個都不來陪我玩，我暑假閒得要命嘛～於是就開始打工度假啦！打工的地方都是帥哥，超好玩的，所以我就拜託老闆讓我在暑假結束後每個週末去打工啦！因此，念書就在平日念吧，平日！」

這樣啊，原來不是我幻聽啊……

「哦，妳們兩個怎麼了？來來來，來念書吧，念書！我平日會拚了老命念書的！眼前要從哪裡開始著手才好？」

「從辭掉打工開始著手最好。」

我和萬結的回答從語氣到抑揚頓挫都一字一句分毫不差地完美重合了。

翔太　十月

「請等一下，這是為什麼，店長？為什麼突然叫我辭掉店裡的工作？」

月底，我像往常一樣到店裡上班，等著我的卻是太過突然、太過意外——

「……這個意思是說，我被炒魷魚了嗎？」

太過令人費解的一則宣判。

「呃……哎呀，說是炒魷魚有點不太好聽，不過其實也沒說錯，就是這麼一回事。」

店長手撐在辦公桌上，為難地歪了歪頭。

他的手指下方還挾著我剛剛才提交的下月出勤NG表，這間店規定店裡的工讀生每個月月底都要以書面提交一份下個月哪幾天無法出勤的報告……

「為什麼我會被炒魷魚？而且還這麼突然？」

我開口問出這個理所當然會有的疑問，而店長則是抓著後腦杓，含糊不清地回答。

「哎呀，其實不是高村你的問題啦，只是，你想想看，你畢竟是個考生，我總不能一直讓你在這裡打工吧。」

「請不要事到如今了才跟我說這種話，這件事我們不是已經談過了嗎？」

我上的高中從升上高三的第二個學期開始，課就只上到中午為止，上課內容也幾乎全都變成自習課或是以考試為取向的試題練習，就算每週排兩次打工也不會影響到念書時間，我之前明明已經跟店長說明過這個情況，並在這個前提下獲得他的同意，讓我一直工作到大考中心測驗前，也就是做滿今年才對。

「這個嘛……是因為那個、那個，我改變主意了，嗯，對。」

「改變主意了……？」

「啊，嗯。」

店長從剛才開始就在不知所云，我緊盯著店長的臉。

「怎麼啦？我的臉上有什麼東西嗎？」

沒有東西，不過實在太不自然了。

「……發生了什麼事嗎？」

我還真沒見過這麼不會說謊的人。

「哎呀，沒有沒有，什麼事也沒有，這件事我一直都有在考慮。」

一直都有在考慮的事情會選在這個時間點說嗎？後天就是十一月了。

「這麼突然人手夠嗎？至少讓我做到找到下一個人……」

「人手的問題就順其自然吧，有情況的話我一個人看店就行了。」

「這太亂來了吧！」

「就算是亂來也沒關係，這是我開的店，更何況，高村你還有比我更需要珍惜的人，不是嗎？」

「需要珍惜的人？」

「別太固執，偶爾也聽聽你媽媽的話吧。」

說完後，店長拍拍我的肩膀一笑，笑得溫柔、和藹、好好先生——

「……我媽來過了吧？」
而且完全藏不住事情。
「咦？」
「她來過了吧？」
老媽一直想叫我辭掉打工，這件事我從來沒對任何人說過，所以，如果店長知道了這件事，那麼情報來源就只有一個人。
「哎呀，這個嘛、這個……敗給你啦。」
店長認命地抓了抓頭。
「果然是這樣。」
妳有必要做到這種地步嗎，老媽！
「你可別生氣喔，高村，你媽媽是個好母親，你就在她身邊陪著她，讓她安心吧。」
「慢著、請等一下，店長！」
看到店長這麼總結話題，我不服地往前踏了一步。
「我不知道老媽跟您說了什麼，可是，我現在不能辭掉工作，這也是為了我媽著想，所以拜託您！」
我拚命低頭懇求。
「……拜託。」

我知道我這麼做也沒用，未成年人要打工必須有監護人的同意，老媽特地跑到店裡來，不可能不提及這一點，但是即使如此，我還是不得不這麼做。

店長低頭看著我，說——

「你們果然是母子啊。」

說完後，他用雙手摸了摸我的背。

「高村，你媽媽啊，也是像這樣低頭跟我拜託的。」

「咦？」

「拜託我讓她的兒子辭職。」

「……是這樣嗎？」

我不知道該說什麼才好，只能皺起眉頭低下頭。

「高村你很喜歡你媽媽吧。」

店長看著我的臉，又笑了笑。

「不要說這種話啦，我才沒有……」

「只不過呀，高村，聽我說一句話，高村你那份對媽媽的體貼多半是搞錯了方向。」

「…………咦？」

我不由得抬起頭來。

「我也有一個跟你年紀差不多的兒子，所以我懂的。」

店長笑著。

用他向來原諒我犯下的過失時的笑容，笑著。

「高村，一直以來謝謝你了。」

最後，店長再一次拍了拍我的肩膀。

「……」

我一句話也說不出來，甚至連店長最後說的那句話是什麼意思也問不出口。

×

「妳是什麼意思，老媽！」

一回到屋子裡，我門也沒關就直接開口質問，飽含怒氣的聲音迴盪在客廳裡，但是客廳裡空無一人。

「老媽？」

我打開電燈的開關。

日光燈的光照亮整間乾乾淨淨、整整齊齊的客廳，沒有龍捲風掃過似的凌亂、沒有令人窒息的酒臭，也沒有人的氣息。

我轉頭看了看玄關處，老媽的鞋子就擺在正中間。

「妳在睡覺嗎？我開門囉？」
打了聲招呼後，我慢慢地打開和室的拉門。
鋪在房間正中央的白色被褥，依稀浮現在沒開燈的昏暗房間裡。
「老媽？」
被子隆起的大小看起來小得令人不安。
「……老媽。」
我靠近枕邊，再度叫了她一聲——
「啊，小翔，你回來啦。」
老媽總算張開眼睛這麼說。
「妳在……做什麼啊，老媽？」
「嗯？睡覺啊。」
「為什麼？」
「當然是因為想睡啊。」
「……這樣啊，妳不要緊吧？」
「不要緊啊，有什麼好要緊的？」
「呃，因為我看妳好像沒喝酒。」
「媽媽也是有不喝酒的時候的。」

老媽帶著些許笑意這麼說。

……才沒有，我才沒有看過老媽不喝酒的時候。

「好啦，我這就來煮飯，你稍等一下喔。」

「不用了。」

「怎麼可以不用。」

「我說不用了。」

「你生氣了嗎？」

「咦？」

老媽把頭枕在枕頭上，仰視著我說。

「你剛打完工回來吧？你生氣了嗎？」

「…………」

說沒生氣是騙人的，不過，我現在的感覺也不是老媽所問的那種生氣。

「這樣就夠了。」

老媽從被子裡伸出手來握住我的手。

「考生別耗在多餘的事情上，專心念書。」

「可是老媽……」

「沒關係，錢的事情媽媽會想辦法。」

「…………」

「小翔你什麼都不用擔心。」

說完後，老媽拍了拍我的手背，我將另一隻手疊上去，覆住老媽的手。

……妳錯了，老媽。

就是這樣我才擔心啊。

我才不擔心錢的問題，因為老媽妳一定會想辦法的，不管是硬籌也好、鞭策自己的身體去賺也好，老媽一定會想辦法解決，所以我才擔心啊。

妳為什麼沒在喝酒啊？妳不是說妳離不開酒嗎？妳為什麼不起床？不是說要做晚飯嗎？妳的手為什麼這麼燙？妳在發燒為什麼不跟我說？

「小翔？」

我求求妳，老媽，妳一直都是硬撐著挺過來的吧？所以我求求妳，不要再為了我繼續勉強自己了！

「…………」

這些難以言表的心情一層一層往心裡壓、朝心底沉，明依說得果然沒錯，一旦需要表達真正重要的感受時，我就會像這樣說不出口。我好害怕，放棄了棒球的我，會不會又變回當時那個什麼都不知道該怎麼說的我？

「你要去哪裡，小翔？」

我把老媽的手放回被子裡，站了起來。

「廚房，去煮飯。」

「不用啦，媽媽來煮就好，小翔你可以去洗個澡——」

「不用了，我來煮！」

「小翔……」

「我聽妳的話把打工辭了，所以，交換條件是星期六、日讓我來煮晚飯，沒意見吧？」

我站在房門前頭也不回地這麼宣告。

「可是，你沒問題嗎？」

「沒問題，反正現在沒有打工了，這點時間還是有的。」

「不是啦，我是在問你會煮飯嗎，小翔？」

「如果是咖哩的話……」

「喔～？」

老媽沉默地盯著半空中看了好一會兒，然後——

「抱歉。」

她小聲地這麼說。我裝做沒聽見，拉開了拉門。

「不要切到手喔。」

「才不會切到。」

「真的嗎？」

「我又不是小孩子，沒問題啦。」

「聽起來真靠不住耶，男人每個都這麼說，結果最後都會切到手，亘也一樣。」

──咦？

「看情況不對的話，記得要馬上叫我去換手喔。」

說完後，老媽翻了個身。

「嗯，知道了。」

我靜靜地關上拉門。

──亘。

這是老媽打從離婚以來，第一次提到老爸的名字。

海帆　十一月

踏進臨海公園後，乾燥的風朝著大海吹去。

應該穿長襪的，我摩擦著起滿一片雞皮疙瘩的大腿想。看千尋也跟我做出同樣的動作，想來她也一樣後悔沒穿長襪吧。沒有任何遊樂器材的公園除了遼闊以外別無長處，更助長了寒冷之勢，十一月，薄雲已經升到視線難及的高處，萬結早我和千尋一步，率先開始了她的戰鬥。

推甄入學。

「那麼，要開始囉！妳準備好了嗎，萬結？」

「只是練習而已，放輕鬆——」

我和千尋強忍寒意，兩人黏得緊緊地在長椅上坐下，並且交互替萬結加油打氣。

「嗯、嗯，放、放、放、放鬆對不對，我我我、我知道。」

看來她完全不知道，萬結沒問題吧？我們是因為看到她對面試不安到哭出來，才突然決定召開練習會的，可是……她的症狀好像比想像中更嚴重。

「那就開始囉。下一位！」

「是、是，打擾了。」

聽到扮演面試官的我的聲音，萬結規規矩矩地回答，彬彬有禮地行過一禮，走了進來。

「請坐。」

「好的，謝謝。」

要等對方請你坐之後才能坐下。萬結再次鞠了一個躬，把我們在附近撿來的木箱當成椅子坐了下來。

雙腿併攏，雙手輕輕握拳放在膝上。嗯，姿勢好看，制服好看，長相更好看！那麼，就先從最基本的地方開始吧！我咳了一聲清清喉嚨。

「那麼，請自我介紹一下，並告訴我們妳選填這所學校的動機。」

「是！我叫清水萬結，大崎三島高中三年級，我想成為一個深耕當地，對當地有所貢獻的人，所以強烈希望能夠進入這所對當地發展貢獻卓著的大學。」

「高中這段求學期間內有沒有留下什麼印象深刻的回憶？」

「三年級時的運動會和一年級時的長泳大賽，尤其是長泳大賽，很累，卻也很有成就感。」

嗯，不錯不錯。

看來萬結雖然很怕面試，卻有做好準備，面對基本問題的應答無懈可擊，接下來輪到千尋發問了，我用眼神叮嚀她：「認真點，不准投變化球喔」，千尋用力地點點頭，問——

「妳的初吻是在什麼時候？」

「什麼？」

結果她第一球就丟了顆正中魔球。

「喂，千尋，妳問這什麼問——」

「很、很、很、很慚愧，這方面我不夠用功，目、目、目前還未曾經驗過。啊，不過，如果對象不是人類也算數的話，小學時家裡養的柴犬曾經……」

「暫停暫停，這個問題妳可以不用回答，萬結。」

我拍了拍手讓萬結回神。

「真是的，妳問這是什麼問題啊，千尋！不是跟妳說要認真一點嗎！」

「什麼嘛，不過就是開個玩笑，開個玩笑嘛，我這不是想幫大家緩解一下緊張的氣氛嗎？」

在我的追究之下，千尋毫無愧疚之意地聳了聳肩。

「畢竟萬結臉上的笑容不夠嘛。」

「……笑容？」

聽到這個從令人意外的角度點出的指摘，萬結眨了眨眼睛。

「沒錯沒錯，笑容可是很重要的喔！畢竟這是一個看臉的世界嘛，妳們想像一下，像萬結這種可愛的女孩子要是甜甜地笑一個，那些面試的大叔考官肯定會心兒怦怦跳吧？」

我不太想去想像大叔心兒怦怦跳的模樣。

「這樣啊！笑容嗎？我知道了。」

但是，老實的萬結老實地接受了千尋不可靠的建議，用手把僵硬的臉部肌肉揉軟，然後——

「妳覺得這樣如何，千尋？」

「…………」

「…………」

「…………」

「…………」

「…………」

營造出一股難以名狀的微妙氣氛。

「……那個，千尋，妳覺得我這麼笑如何？」

「咦？妳這是在笑的狀態嗎？我還一直在等，想說妳什麼時候要笑咧！」

千尋驚訝得差點沒站起來。

「咦咦！太過分了吧，我很努力地在笑耶！妳說她是不是很過分，海帆。」

「咦？啊，嗯。」

老實說，我剛才也在等，看來她這症狀真的很嚴重啊。

「吶，千尋，妳要一個緊張的人除了笑之外什麼都不做，人家也笑不出來吧。」

「嗯……或許吧～」

「那個，兩位，我現在正笑得超級用力喔……」
「啊，那這麼做如何？」
千尋直接無視萬結的抗議，打了個響指。
「想一想妳喜歡的男孩子，女人的腦海中只要一浮現自己每晚幻想的男孩子，臉上就會自然而然地露出花痴笑容了！」
「原來如此，喜歡的男孩子啊……妳覺得怎麼樣，萬結？可行嗎？」
「咦咦？這問題問得太突然了啦……」
萬結的臉瞬間紅了——
「我又沒有喜歡的人……怎麼知道可不可行……」
然後，從她捂住臉頰的手掌間，蕩漾出一抹一百分的笑容。
「妳絕對有吧妳——！」
「咦——？是誰是誰？跟我說嘛，萬結，我們是好朋友對不對？」
「嗚哇——不行啦，我沒有！我沒有啦——！」
萬結拚命搖頭，但是那種愚蠢的說辭怎麼可能騙得過我們。
面試考官們的眼神明顯為之一變，不斷追問再追問，直到把守備薄弱的可憐考生的私人情報統統扒光為止。

扒完後，天都已經全黑了。

「哎喲～笑死我、笑死我了，沒想到萬結居然喜歡金岡～這太瞎了～」

千尋把窄小的背脊重重地往長椅椅背上一靠，扭開寶特瓶的瓶蓋。

「等等、妳太大聲了啦，千尋！」

坐在她隔壁的萬結也東張西望地左右環顧了一圈，同時扭開瓶蓋。

「用不著那麼擔心啦，萬結，金岡同學又不在這裡。好啦，大家準備了嗎？」

我站在她們兩人面前，把開了瓶的可樂像手持式麥克風一樣端在嘴邊──

「呃──那就祝萬結的入學考試順利，加油──！」

「加油──！」

「耶──！」

然後意氣風發地高高舉起寶特瓶。

以塑膠碰撞的一聲鈍響為信號，公園的長椅從面試練習會場變成了推甄入學考試的歡送會會場。

「加油啊，萬結，要發揮今天練習的成果，正式上場時要好好表現喔！」

千尋環住主客的肩膀，擺出一副了不起的樣子說。

「結果到頭來根本沒有好好練習到啊，都是因為千尋脫稿演出啦。」

「啥？聊起戀愛話題之後明明就是海帆比較積極吧！對不起喔，萬結，我家海帆是個三八，不好意思喔——」
「哪裡，不會啦，我好久沒有跟妳們兩個人好好聊天了，能夠這樣聊個痛快我精神都來了，有種『面試什麼的儘管放馬過來吧！』的感覺。」
萬結把裝著紅茶的寶特瓶當成啞鈴，秀出完全沒有隆起的二頭肌給我們看，話說回來，我們三個真的好久沒有像這樣長談一番了，算算約有………啊咧？有多久啦？從我開始認真準備考試以來，所以是從梅雨季開始？不會吧？有那麼久？由於我們幾乎每天都會碰面，所以我一直沒有感覺。
「妳怎麼啦，海帆？怎麼在發呆？」
「咦？啊，沒，沒事，只是在想一點事情。」
「哦？怎麼，海帆，難不成妳在想金岡？這莫非是要形成三角關係的發展？」
千尋故意做出一副下流的表情，交互看著我和萬結。
「不會吧——！真的嗎，海帆！」
「怎麼可能啊，想也知道絕對不可能，萬結妳別想太多，專注在臨場上，這麼一來不管是考試或是金岡同學都一定會很順利的。」
「咦？是、是這樣嗎？不知道能不能夠順利，欸嘿嘿，嗯，謝謝。」
我不知道萬結此時心裡想到的是考試還是戀情，不過她臉上露出發自內心感到高興的表情微笑。

「哎喲，其實說白點，推甄這種東西啊，打從入圍的那一刻就幾乎等於錄取了，只要不出什麼槌，考生都能輕鬆過關啦。」

到了這個時候，千尋開始口無遮攔了起來。

「啊～啊，好羨慕喔～接下來萬結就可以盡情玩樂了。啊，等等，對了！等萬結的推甄入學考試結束之後，我們就去卡啦ＯＫ開場慶功宴嗨一嗨——」

「不去。」

我在千尋講完她的提議前予以駁回。

「反駁得太快了吧！好歹讓我把話說完好不好！稍微放鬆一下又有什麼關係嘛——」

「不可以，千尋妳一旦玩起來就會失控，妳就這麼一口氣憋到正式考試吧。」

「嗚嗚，講到戀愛話題就那麼投入，提到這種事卻一點都不通融，認真魔人眼鏡妹好恐怖喔～」

「是是是，我就當妳是在誇獎我囉。」

我喝下可樂，像是把千尋的壞話喝下肚一樣。

「嗯，可以啊，畢竟我本來就是在誇獎妳嘛。」

「————噗！」

結果她居然不是在講我壞話，害我喉嚨一嗆，把嚥下去的東西連同可樂一起全部噴了出來。

「妳不要緊吧，海帆？」

「喂，妳幹麼啊，海帆？」

「誰叫千尋妳……要講……那麼奇怪的話……」

我把可樂吐到地上，同時揉著發痛的胸口。

「我哪有講什麼奇怪的話。」

「……咦？」

「幹麼啦……？」

跟我對上視線後，千尋一副被肉麻到了的樣子別開臉。

「我本來就沒有講什麼奇怪的話啊，妳們兩個都很厲害，我既沒辦法變得像萬結一樣品行端正，也沒辦法變得像海帆一樣用功讀書，所以我真的覺得妳們很厲害。」

「妳幹麼突然……」

「沒有啊，只是認為認真或許也是一種了不起的才能而已。」

千尋將寶特瓶倒來倒去，無意義地把裡頭的飲料搖得響叮噹。

「吶，海帆，就算會麻煩到別人也好，妳也絕對要加油喔。」

「……嗯，我知道了。」

在這兩個月裡，千尋究竟經歷了什麼樣的心境變化呢？我從來沒看過她的臉上出現這種表情。

「呃啊——我不行了，這裡好冷，我們去米翁吧，去米翁！」

不知道是不是受不了自己營造出來的奇妙氣氛了，千尋故意提高了嗓門說話，用鞋底蹭著潮溼的土壤。

「不行啦，千尋，米翁等大家都考完了之後再一起去吧。」

萬結迅速這麼跟她約法三章。

「到時候就春天了耶，好久喔——」

千尋像在尋找尚不見蹤影的春天般凝神望向地平線。

「不只春天，等夏天放暑假時也去吧！」

「好呀，一起去一起去。」

「還有冬天放寒假時也要去，還有寒假接下來的春假也要去……」

「怎麼都選在放假期間啊。」

我原本以為她們肯定是在說笑，所以用輕鬆愉快的心情這麼說，結果千尋和萬結兩人對看了一眼，寂寞地笑了，看到她們這樣子，我才總算注意到。

啊啊，原來是這樣，我以東京的大學為目標，而她們兩人要留在當地，如果大家都能得償所願的話，接下來的日子裡，我就只能在放假期間與她們兩人見面了。

我的心揪了起來，當然，這種事我打從一開始就明白，但是因為今天久違地能夠忘掉時間與她們盡情暢談，因為今天過得太快樂，所以我的內心深處揪了起來。

「海帆。」

「海帆。」

我的雙手被一陣溫暖包覆——是千尋和萬結握住了我的手，右邊是千尋，左邊是萬結。

「我們一直都是好朋友喔。」

「是死黨。」

她們兩個人的手好溫暖。

「……嗯。」

我也回握住她們兩人的手，既然掌心的熱度比不過她們，那我至少要用力緊緊握住她們的手，只要不忘記這份溫暖，不管身在何處，我們的心都在一起。

「好，我們來發誓吧！」

我奮力拉過她們的手。

「咦？海帆？」

「對什麼發誓啊？」

「當然是對神明發誓囉！好啦，我們走！」

我手裡緊緊抓著她們兩人的手，朝公園一隅的神社跑了起來。

「等等、別拉啊，海帆，飲料會灑出來，呀啊！」
「那是祈求海上平安的神社耶，海帆。」
「沒關係沒關係，對神明來說都一樣啦，這種事情沒有見證人怎麼行呢！」
「妳來真的喔？麻煩死了──啊～出現了，認真的壞處出現了──」
「吵死了，認真有哪裡不好了！」
我的叫聲迴盪在空曠的公園裡。
朝著大海吹去的風呼嘯而過。
冬天就快來臨了。

第六章

冬天——翔太　十二月

除夕夜的鐘聲開始響起，外頭小孩子們的嬉笑聲越發喧鬧，我從自動鉛筆筆尖指著的筆記中回過神來，抬頭看向時鐘。

十二月三十一日，晚上十一點三十分。

我從初夏開始念書準備大考，如今已在不知不覺間迎來了第三個季節，一年就快要結束了。

我拿起攤在書桌上的試題集翻了翻頁，一頁、兩頁、三頁……至少要看到這邊。

正當我把書頁翻回去，再次拿起自動鉛筆時——

「你還在念書嗎？」

有人冷不防地從背後跟我說話。

「不要嚇成那樣嘛，小翔，媽媽被打擊到了。」

我回頭一看，只見老媽把拉門打開一條與身體同寬的縫，正從房門口偷偷地看我。

「老媽，妳什麼時候來的？」

「嗯……大概十分鐘前？」

「妳幹麼不叫我一聲？」

「哎呀～媽媽是看小翔這麼專注，覺得不好意思叫你嘛～」

老媽躡手躡腳地踮起腳尖踏進房裡。

「小翔最近念書好專注喔，和之前老是打瞌睡的時候差好多。」

「那是因為過完年之後馬上就是大考中心測驗了，不想專注也得專注啊。」

雖然很不想承認，不過辭掉打工，不必再去考慮其他雜事也是主要原因之一。

「你還要繼續念嗎？」

「嗯，我想念完一個段落再打住。」

「會念到跨年嗎？」

「大概吧。」

「這樣啊。那等你念完後可以給媽媽一點時間嗎？」

「可以啊。」

我以為老媽要找我幫她什麼忙，於是用輕鬆的心情點了頭同意，結果——

「嘻嘻嘻嘻嘻，你說的喔！」

老媽露出一臉得逞似的笑容。

×

「啊，有在賣蘋果糖耶！小翔，媽媽買蘋果糖給你吧！」

老媽突然眼睛一亮，分開參拜人群衝了出去。
「慢著，老媽，不要再買吃的了！」
我抱著沉重的肚子在後面拚命追趕，但是——
「欸嘿嘿嘿，看起來好好吃喔～」
等我追到人時，老媽已經兩手拿著糖站在攤位前笑了。
「居然還買了兩支……」
「你看你看，長椅空著沒人坐，我們坐這裡吃吧！嘶～屁股好冷！」
然後，她眼尖地找到一處沒人坐的長椅坐了下來——
「哦喔～好好吃！蘋果糖果然是攤販之王啊！好啦，剩下的給小翔。」
把只咬了一口的蘋果糖塞給我。
「吃不完的話就別買啊。」
同樣只被吃了一口就塞過來的章魚燒、烤魷魚、炒麵、大阪燒及雞蛋糕等食物在我的胃袋裡沉甸甸地層次分明，我明明就已經吃過晚餐，抵達神社後卻一直像這樣吃個不停，感覺吃到肚子都快要出事了。
「有什麼關係，媽媽想什麼都吃一點，然後吃很多很多嘛～」
老媽呼出一口白色的氣息一笑，毫無反省之意地啜飲著罐裝啤酒，看到她用這種大衣圍巾手套外加帽子拉到耳朵上的打扮喝著冰啤酒，我總覺得這種所謂大人的姿態好像打從根本上就有哪裡怪怪的。

「別喝太多喔。」

「我知道啦，就今天而已嘛。」

自從十月一度臥病在床以來，老媽的酒量遽減，這本身是件好事，但是——

「啊～好喝！天冷的時候喝冰啤酒果然就是讚啦——」

發酒瘋時的老媽總是笑得一臉幸福，現在漸漸看不到那種笑容了，倒也讓我覺得有那麼一點寂寞。

「嗯？怎麼啦，小翔？媽媽的臉上有什麼東西嗎？」

「……沒，沒有。」

我搪塞掩飾地一口咬下蘋果糖，甜味與酸味在口中混雜融合。

「怎麼樣？好吃吧，小翔。」

「……嗯。」

我不知道蘋果糖究竟算不算是攤販之王，不過我從小就超級愛吃蘋果糖。

「哎呀～不過，媽媽好久沒有和小翔一起來新年參拜了呢，上次來是什麼時候的事？」

望著手持棉花糖從長椅前跑過去的小孩子，老媽說。

「誰知道，大概是我國中的時候吧？搞不好是小學？」

我沒料到，我在兩小時前承諾的「可以給媽媽一點時間嗎？」居然會是來新年參拜，由於我這一年來一直回絕老媽的種種邀約，想想覺得一年之初答應一次也無妨，於是就陪著她到附近的神社來看看，可是——

「啊！小翔，你看你看，是一群巫女耶！啊～好可愛喔，我要是再年輕個兩歲就好了～」

……我萬萬沒想到，老媽居然會興奮成這樣。

在正殿參拜過後，老媽又是買護身符、又是抽籤、又是逛攤位，瘋得像個小孩子似的，不過，看她玩得這麼開心，我這一趟陪得或許也可以說是有價值了。

「嗯？怎麼啦，小翔？怎麼又盯著媽媽的臉看，媽媽有這麼美嗎？」

「沒事啦。好了，我吃完了，很好吃。」

我吃完兩根蘋果糖，合掌。

「哦！你真的吃完啦，了不起了不起，接下來還想吃什麼？」

「不必，拜託妳別再買食物了！」

我把兩支免洗筷收在一起，放進長椅旁的垃圾桶。

「是喔？不用了嗎？那……我們再去抽籤吧？」

「不抽，籤是可以一天抽那麼多次的東西嗎？」

「嗯……那該做什麼好呢～？能做的事情大抵上都做完了……」
「這樣應該就夠了吧？」
「說得也是，那，雖然時間還有點早，但我們先去占位置吧。」
「占位置？占什麼位置？」
我還以為老媽要說的肯定是「那我們回家吧」，所以準備站起身來。
「觀景臺啊，那裡很快就會人滿為患，不趕快去占個位置就看不到元旦早晨的太陽了喔！」
「咦？等等，老媽，妳該不會想看元旦的日出吧？」
「嗯，要看啊，來新年參拜一般都會看看日出吧。」
看到老媽一臉若無其事地這麼說，我這回是真的站了起來。
「別鬧了，哪有可能在這裡一直待到早上。」
「咦咦？為什麼？我們兩個人一起對著元旦的日出祈求你金榜題名嘛！」
「妳饒了我吧，我明天還得念書耶，怎麼可能還熬夜！」
我現在已經有點想睡了說。
「怎麼這樣～元旦早晨的日出是最強力的許願機耶！」
「現在這樣就夠了啦，正殿參拜過了，護身符也買了，好了啦，今天該回家了。」
說完後，我率先站了起來，邁步走了出去。

「嗚嗚嗚……」

但是，老媽沒動。

「老媽？」

「……我不要。」

「別鬧脾氣。」

一般來說應該要反過來才對吧。

「元旦的日出明年再來看嘛，好了，走啦。」

「唔～～～」

然而，老媽還是不肯動，她杵在長椅前，咬著罐裝啤酒的開口處——

「我知道了，那，小翔你先回去，媽媽留下來等日出。」

發言越來越像個小孩子。

「怎麼可能！妳為什麼會得出這個結論啊！」

「怎麼不可能？媽媽只要喝了酒就幾乎無所不能了！」

「我不是這個意思。」

「好了好了，接下來的事就交給無敵的媽媽，小翔你先回去吧。」

「妳夠了喔，為什麼要對許願那麼執著啊，妳又……」

……不信神。考量到我們現在所處的場合，我沒把話說完，可是即使如此，我的語氣中可能還是難掩這股由睡意、疲倦和飽脹感引發的焦躁吧。

「你問我為什麼……」

老媽突然沉默下來。

老媽低下頭，看著罐裝啤酒的開口——

「那是因為，媽媽能做的，就只有這些了啊。」

小小聲地這麼嘟噥。

「……咦？」

然後，她露出一抹自嘲的笑，啜了啜啤酒。

「妳在說什麼啊，老媽。」

「哎呀～因為事實就是如此嘛，我說正經的。小翔你最近不是很努力嗎？我真的覺得你很了不起，看著這麼了不起的小翔，我一個身為母親的忍不住就會開始想自己能夠做些什麼，結果卻發現媽媽這個角色真是一點用也沒有。」

「等等、慢著，老媽……」

才沒有這種事！妳怎麼了，講這是什麼話啊！

「既沒錢讓小翔去上補習班，也沒那個腦袋可以教小翔念書，更不是能夠傾聽小翔煩惱的那塊料，甚至沒時間幫小翔做家事……」

「別說了，老媽。」

老媽數手指算著自己無法給我的東西，最後凝視著剩下的小指——

「因為一個母親該做的事媽媽都做不到，所以，至少讓我拜託拜託神明吧。」

又一次一臉寂寞地笑了。

最後那根在沉默中被扳下來的指頭中，究竟寄託了老媽什麼樣的心情呢？

「……老媽。」

沒有那種事啊，怎麼可能有那種事，我對老媽……

又一份無法用言語表達的心情疊加上去，沉進心底。

「吶，事情就是這樣啦，這是媽媽的自我滿足，小翔你別放在心上，先回去吧，過個好年！」

老媽裝瘋賣傻似的這麼說，然後筆直地豎起手指。

……又來了。

老媽又因為我的緣故……因為我什麼都不說，所以老媽她……

「今天很冷，記得要暖暖身體之後再睡喔。」

……露出了這麼寂寞的笑容。

「不行。」

我低著頭說。

「什麼不行啊，不先暖暖身體可是會感冒的，回去之後馬上開暖氣睡覺！」

「我說我做不到！」

「小翔？」

不行，唯獨這件事絕對不可以，要是我在這時候丟下老媽自己回去的話，我就真的退回去了，退回那個什麼都不知道怎麼說的時候。

「沒那種事，所以老媽……」

「咦？」

別說妳沒辦法為我做些什麼，妳已經給了我這麼多。

「……你怎麼啦，小翔？」

「……………」

這些感情接二連三地湧上心頭。

然後，還是沒能化作言語，又再度沉進心底。

「我……不這麼認為。」

「咦？」

「我從不認為妳做得不夠。」

我勉強自己掬起那些沉下去的心情。

「我從來不曾認為妳做得不夠多。」

「……小翔？」

就算沒錢，就算不能去上補習班，就算不能教我念書，就算老是把我當成垃圾桶……就算沒有爸爸。

「因為老媽一直都陪在我身邊。」

是老媽填補了這些不足。

我知道老媽為了彌補這些，一直拚命地在努力。

這些話我甫一拾起就滴滴答答地掉落，即便如此，我還是不斷不斷地捧起它們。

『高村你那份對媽媽的體貼多半是搞錯了方向。』

店長所說的話在腦海裡復甦。對了，肯定就是這個！我該為老媽做的事情並不是賺錢，而是……

「我一直都覺得很幸福喔，老媽。」

傳達我的心情。

「小翔……」

老媽驚訝地瞪大了眼睛，褐色的眼睛有些微的動搖——

「等等、幹麼啦！怎麼突然說這些，討厭啦，不要這樣，媽媽會害羞的。搞什麼啊，真是的，啊啊，好熱，啊哈哈哈……」

老媽滿臉通紅，用手啪嗒啪嗒地往臉上搧風，我看著老媽——

「所以，老媽妳也別再猶豫了。」

把握時機乘勝追擊。
「咦？猶豫？猶豫什麼？」
聽到這句話，老媽露出顯而易見的動搖。
「去追尋……妳的幸福。」
「等、等等，什、什麼？你、你在說什麼啊，小翔？咦？咦？」
眼神游移、結結巴巴，像是要咬穿包裝似的猛啃罐裝啤酒的開口。
果然被我猜中了啊……
「讓我見見宮田先生吧。」
「咦咦——！」
啤酒像股噴泉般從被捏爛的鋁罐中噴湧而出。
「喂，妳幹麼啦，老媽！」
「誰、誰叫小翔要說那種奇怪的話！咦？是說，你幹麼？幹什麼？為什麼想見那個禿頭？你要揍他嗎？要揍他的話我幫忙！」
「才不是，怎麼可能啊。」
我一邊用手拍開灑落的啤酒飛沫一邊說。
「那是為什麼？」
「為什麼？用不著我說妳應該也知道吧。」

「誰知道啊……咦咦？咦咦咦？咦咦咦咦？」

咕嚕咕嚕冒著泡泡溢出來的啤酒流到手上，溼透了老媽的大衣衣袖。

「你為什麼會知道啊，真是的……」

老媽用滿是啤酒的手抓了抓臉。

「我當然知道啊。」

因為老媽太好懂，比我好懂太多太多了。

「奇怪欸奇怪欸，你為什麼會知道？我在家裡明明一直在說他的壞話。」

「是啊，所以我才會知道啊。」

「咦？」

「吶，老媽，我好歹也是妳的兒子啊。」

打從出生開始我就一直看著妳啊。

……妳那樣子和妳跟老爸在一起的時候根本完全一模一樣嘛。

離婚前，老媽總是一個人喝著酒，一個勁兒地埋怨不在家的老爸。然而，當老爸回來時，老媽總是一臉幸福地笑著，直到老爸再次離開家門為止。

那些埋怨不是出自討厭，而是因為老媽見不到想見的人，所以才會對酒飲泣。

「所以說，老媽……」

「哎呀、哎喲~不行不行，這個不行！」

「老媽。」

「我說了不行，絕對不行！我已經決定好了，在小翔大學畢業之前絕對不行，所以說，不行不行。」

老媽拚命搖頭，把啤酒甩得到處飛。

「不用顧慮我了啦。」

「哎喲～可是！哎呀～可是！」

「謝謝妳一路以來為我所做的，老媽。」

「——！」

沒想到，我最想傳達給老媽的這份心情，驚人地順利化作了言語，被捏得歪七扭八、幾乎已經看不出原形的鋁罐脫離了老媽的手，打在石板路上。

「……小翔。」

然而，老媽似乎沒有注意到這點——

「哇————啊！」

而是大聲地哭了起來。

「咦咦！妳哭了喔？」

「哭啊！我當然要哭！因為小翔……小翔你……哇————啊！」

「等等、妳太大聲了啦，老媽！」

老媽的哭聲響徹人滿為患的神社院落。

看到這麼大一個人全力放聲大哭，任誰都會在意到底發生了什麼事，於是我們周遭在不知不覺間聚集了大群人潮。

「老媽、妳、妳小聲一點，大家都在看了。」

「做不到，我要哭，哇——啊！」

「老媽！」

在夜晚的神社裡嚎啕大哭的母親和只能在一旁乾著急的兒子，高村家的這幅新年光景，不知道看在旁人眼裡，又是什麼樣的一幅情景呢？

「哇——啊！請大家不用擔心，我不是因為難過而哭，是喜極而泣，我現在絕對比你們都還要幸福，所以不用擔心我——」

不管我怎麼安撫，老媽還是哭個不停。

結果，我和老媽只得滿身啤酒、滿臉鼻涕眼淚地在神社的長椅上瞻仰元旦的日出。

海帆　一月

與暑假對照之下，寒假過去的速度快得令人驚恐。

在我背完第五次單字本之前年就過了，在我頭痛赤本（註7）寫不完時開學典禮已經來了。然後，在這個短暫到不能再短暫的寒假結束後，等待我的便是大學入學者選拔大學入學考試中心測驗——通稱大考中心測驗。

這道對於私立學校報考組而言不過是小試身手，對於國立學校報考組而言卻是只許成功不許失敗的第一道關卡，在昨天結束了。

「四十一點五度……」

註7　由世界思想社教學社所發行的考古題集，內容依照大學、科系分門別類，正式名稱為《大學入學考試系列》。

我戰戰兢兢地瞥了一眼遞出去的體溫計，聽到老媽這麼說。

「燒得很嚴重呢。」

「是啊……………」

「比早上更嚴重了呢。」

「是啊……咳咳咳。」

「……………」

剛才的咳嗽好像有點太假了，我彷彿聽到媽媽眼睛精光一閃的音效，我把棉被拉到眼睛下方，遮掩氣色絕佳的臉色，而媽媽則是用她那彷彿能夠透視內臟的視線，把我從額頭到腳尖緩緩地掃視過一輪——

「明天要去上學喔。」

然後留下這麼一句話，離開了房間。

……完全穿幫了啊。

我從床上起身，戴上眼鏡，從小矮桌上拿過茶杯，往熱呼呼的薑湯裡吹了三口後啜了一口，刺激的辛辣與最後隱隱回甘的蜂蜜甜味瀰漫飄香。

千尋曾經誇口，說她可以利用咖啡的熱氣操控體溫計的顯示溫度到小數點後一位，不過……人還是不要做自己不熟練的事情比較好，睡了整整一天之後，我測出了測量史上最高的體溫。

我把茶杯放回桌上，打開窗戶眺望大海，姬座的海在冬天裡驟變成一張與夏天截然不同的面孔，爸爸駕駛的渡輪逆著打旋的海潮，筆直地破浪往二之島前進。

倏地，風流動了起來，窗簾隨風飄起，我回頭一看，發現千帆把門打開一條與臉同寬的縫，正偷偷地往房裡瞧。

「……姊姊，妳已經可以起床了嗎？」

千帆的聲音聽起來滿是擔心。

……原來是這樣啊，這孩子也很擔心我。

「嗯，已經沒事了。」

我差不多該振作起來了，於是我更加重了臉上的笑容，這麼回答她——

「真的嗎？太好了！」

結果千帆表情倏地亮了起來——

「吶～吶～！姊姊說她已經沒事了——！」

並且大聲地朝樓下喊。

「等等，妳這是在叫給誰聽啊，千帆？」

我還來不及逃進被窩裡，就聽到早已蓄勢待發的腳步聲碰碰碰地衝上樓梯——

「妳果然是在裝病，海帆——！」

千尋和萬結衝進了房間裡。

╳

「啊哈哈哈哈哈哈！四十一度，妳白痴啊！」

震耳欲聾的狂笑聲在房間裡響起。

「海帆妳蠢斃了，體溫計這種東西啊，只要稍微過一下蒸氣就行了，一直蒸就會變成那個樣子啦，哇哈哈哈哈哈！」

千尋厚臉皮地把兩隻腳放在我的書桌上，一副好笑到不行的樣子拍手大笑。

「吵死了妳，討厭，把腳放下來啦。」

而我則是抱膝坐在床上瞪著千尋。

「哎呀，不過，幸好海帆不是真的病了，我好擔心妳。」

說完後，萬結抓住千尋的腳放到地上。

「……嗯，抱歉，萬結。」

「喂！為什麼只跟萬結道歉啊？我也是很擔心妳的耶，虧妳居然會在這種日子請假——」

「唔！」

聽到千尋這麼說，我不由得咬緊了嘴脣。

——這種日子。

大崎三島高中會在大考中心測驗結束的隔天發放各科的試題與解答，由老師進行講解做為課堂上的一環，當然，大考中心測驗的解答當天就會公開，大多數的學生在上課前就已經自己算完分數了，不過……

「自己算分數的結果有那麼慘嗎？」

「唔呃！」

來自千尋的一發超級大直球又再次讓我中了穿心一箭。

「千尋，妳這問法太沒神經了！」

「被我猜中了啊？幾分？」

「千尋！」

在不會看人臉色這一點上備受肯定的千尋，以殘酷無情的步調直球一顆接一顆。

「不想回答的話就別回答了，海帆。」

萬結雖然在口頭上制止千尋，實際上卻也一臉興致勃勃的樣子。

「唔唔唔……」

我交互看著這兩人的臉——

「我不知道。」

最後磨蹭著膝蓋低聲說。

「喂，認真魔人眼鏡妹！」

「真的啦，我真的不知道。」

「妳再繼續裝傻，我就把妳的內褲從窗戶灑出去喔！」

衣櫃下方數來第二層，千尋正確地指著我內衣褲的所在之處威脅我。

「不要這樣，我真的不知道啦！」

「是嗎，那就遺憾了，我的好朋友……胸罩也一起丟囉？」

千尋霍地站了起來。

「不要這樣啦，千尋，我真的沒有自己算過分數。」

「騙誰啊，怎麼可能有考生不自己算分。」

「就是有，就在這裡，在妳的眼前！」

「那妳倒是說說看，妳為什麼不自己算分數？」

「這、這是因為…………」

千尋的話讓我第三度支吾起來——

「……我、我會怕嘛。」

並且對著地毯這麼說。

「……什麼？」

我的兩位摯友面面相覷、啞口無言，她們用眼神交換了無數對話後——

「那個，海帆，妳真的沒有自己算過分數嗎？」

由萬結代表發問。

「嗯，沒算。」

「考試時的手感真的有那麼糟糕嗎？」

「不是，我覺得不算糟糕，反而應該算是不錯。」

「……那妳為什麼不算算分數呢？」

萬結一副越聽越不懂的表情拋出一個接著一個的提問，而我盯著萬結下垂的眉毛——

「…………因為我會怕嘛。」

重複了同樣的一句話。

「妳白痴啊！」

結果千尋的直球馬上就對準正中心砸過來了。

「妳、妳說誰白痴啊！千尋，妳怎麼從剛才開始講話就這麼不留情面！」

「因為我搞不懂妳在糾結什麼嘛！手感不錯的話就算算看分數啊！」

「就跟妳說我不敢了嘛！」

「很～好，今天就來個內衣褲盛宴吧——」

千尋一手搭上抽屜。

「等一下，千尋！不是的，其實這是我想出來的讀書方式！」

「……讀書方式？妳是說『不自己算分數』嗎？」

「正是。」

我從床上跳了下來，站到衣櫃前攔住她。

「妳聽好了，千尋，大考中心測驗讓考生自行計算分數，但這本來就不是一件非做不可的事情，充其量只是讓每個人知道自己大概的落點而已，這麼說妳懂嗎？」

「……喔。」

千尋一臉「反正我就姑且聽聽看唄」的表情點點頭。

「而我，不管大考中心測驗的得分是幾分，我都不打算改變我的志願學校，既然如此，那我就不該自己去計算分數，難得手感那麼好，我應該讓自己保持著這種良好的狀態。」

「嗯，這裡這裡，我就是這裡聽不懂，妳明明說妳手感好，又是為什麼不去算分數啊？」

千尋抓了抓腦袋。

「因為，手感好說到底不過只是我的感覺而已，感覺說不定會有錯啊，況且還有可能會畫錯答案卡，對不對？」

「……喔。」

「所以說啦，就算我自己算了分數也沒什麼好處，最好的情況不過就是維持現狀，搞不好的話還會破壞這份難得的好狀態，不是嗎？」

「……嗯嗯？喔。」

「所以說，我決定了，我不自己算分數，我要在不知道分數的情況下，保持著這種良好的感覺往第二次測驗突進！吶，萬結，妳覺得我這個主意怎麼樣？」

「怎麼樣……」

萬結用一種前所未見的表情看著我。

「不行，萬結，這個廢柴眼鏡妹沒膽到起肖了，分數我來算，把試題借我。」

千尋劈里啪啦地鬆了鬆脖子的筋骨，打開書桌的抽屜。

「啊！那個抽屜不能開！」

「哇塞，這個垃圾是幹什麼用的，髒死了。」

太遲了，千尋尖叫著捏起來的那個東西——

「那才不是垃圾，還給我！」

是磨損得破破爛爛，上頭滿是手垢的——護身符。

「怎麼？妳終於也開始依賴這種東西啦？」

「有什麼關係！」

我從千尋的魔掌中奪回護身符。

我是多虧了有它在才能熬過大考中心測驗的，每當考完一個科目，我就會摸著護身符，告訴自己：「我是有天賦的」，我就是靠著這麼做消除不安的心情，才得以戰勝大考中心測驗的壓力，它是我唯一的戰友。

「喔，喔，妳這個人變得好噁心喔。不過算了，妳就摸著那東西算分數吧，說，考試卷在哪裡？這裡嗎？還是這裡？」

「千尋，不要擅自打開我的抽屜！」

「啊，我知道了，妳還放在書包裡沒拿出來吧？」

「討厭啦，不要碰我的書包！」

「果然是放在書包裡！」

我為了保住書包而採取的行動反而讓千尋確信了這個事實，我吃了千尋的一記擒抱，往旁邊倒下。

「趁現在，萬結，保住書包！」

「對不起，海帆！」

萬結嘴上道著歉，行動卻著實快速，她伸手去拿書桌旁邊的書包。

「不要——！」

我抓住她的腳一拉，把她拉倒在地。
「呀啊！」
「啊——妳這傢伙！妳對萬結做了什麼啊！」
「對、對不起，萬結，妳沒事吧？」
「好痛……我不會放過妳的，海帆！」
「哇啊～萬結生氣了！」
「對不起啦，萬結，不要啊——！」
就這樣，這場被我們三個相親相愛的好朋友弄得乒乒作響的詭異生死搏鬥——
「妳們這是在做什麼！」
最後一直持續到送茶過來的媽媽的嚴厲斥責下才停止。
距離第二次考試還有一個月。
剛入秋時那份心境上的從容不迫已經消失得無影無蹤。
……順便一提，自己算完分數的結果，比我所預想的更好上那麼一點點。

翔太　一月

灰色的烏雲陰沉沉地布滿整片天空。

正當我慢吞吞地在鄰接道路上騎著腳踏車時，大貨車嘈雜的引擎聲越過身邊，我縮起脖子準備迎接大貨車掀起的氣流。凝神一看，發現細小的雨絲夾雜在風中，天氣預報說晚上會開始下雪，現在看來這場雪會比預報所說的來得更早一點。沒辦法了，雖然加快速度會冷，不過我還是抱定覺悟，用力踩動腳踏車的踏板。

「你說店長嗎？不好意思，他今天休假。」

臉色蒼白的店員用與他外表相反的爽快語氣這麼說。

「……啊啊，這樣啊。」

我還以為每個星期的這個時間店長一定會在的，結果期待卻落空了。

「不介意的話，您要留個口信嗎？」

店員馬上從櫃檯抽出筆來。

「嗯，不用了，我會再過來。」

「這樣啊，謝謝您。」

「多、多謝。」

道過謝後，我離開櫃檯，這大概是我生平第一次用上「不用了」這句話吧。

……那個人就是來接我工作的人嗎？

我暫時躲到便當區避難，然後裝出一副在看櫃檯後面的DVD的樣子偷看店員，他的年紀大概比我大三、四歲吧，如果他是後來才進來接替我的，那他在這間店裡工作的時間應該不超過三個月，不過……

「歡迎光臨，晚安，24號香菸嗎？一共是四五〇日圓，請問需要用袋子裝嗎？謝謝惠顧。下一位客人請到這邊櫃檯結帳，請問東西要分開裝嗎？我知道了，請您稍等一下。」

這個人好厲害啊。

幹練俐落、細心機靈又和藹可親，講話也中氣十足，看來他似乎已經把香菸的牌子、編號和價錢全部記起來了，工作起來的模樣完全不像是個工讀生……除了外表以外。

他有一頭染得幾乎接近金髮的棕色頭髮，還打了好幾個耳釘。雖然被手錶遮住了，不過手腕上大概也有刺青吧。

真像是店長的作風啊，想到這裡，我微微笑了出來，店長從不靠外表及出身判斷一個人，而是會確實地去看這個人的內在。

雨勢變大了。

打在自動門上的雨滴呈加速度增加，自動門旁邊的櫥窗上還貼著招募工讀生的海報。

『5：00～11：00　時薪950日圓　拒高中生

11：00～17：00　時薪900日圓　拒高中生

17：00～22：00　時薪900日圓　拒高中生』

文案和我三年前初次造訪這間店時一模一樣，完全沒變。

雨勢越來越大。

我還是回去吧。

這些話我不願意用留言轉達，我得直接面對面傳達才行。

我想確實地親口說出來——

告訴那位讓身為高中生的我在這裡工作的店長；

告訴那位笑容溫柔的店長；告訴那位不會說謊的店長；

告訴那位在事情難以挽回前將我炒魷魚的店長——

「謝謝光臨。」

我在店員充滿活力的送客聲中走出自動門。
這一刻，我轉過身——
「……感謝您長久以來的照顧。」
我不是在預先練習到時候要怎麼做，卻還是鞠了一個躬這麼說。

×

騎上腳踏車後，雨馬上變成了雪，我把腳踏車停進公園裡的腳踏車停車場，哆嗦著走上積雪的樓梯。
「……啊，你回來啦。」
家門前，一道同樣冷得打顫的人影動了一動。
她究竟是從什麼時候開始站在這裡的？從她紫到發黑的唇色看起來，她至少已經在這裡站了十分鐘，甚至可能有二十分鐘了。
「妳在這種地方做什麼啊？」
我連忙跑到她身邊——
「大考中心考試辛苦了，高村學長。」
明依紅著一張臉這麼說。

「啊～好好喝～感謝招待，高村學長，我活過來了。」
喝完熱薑湯後，明依總算露出了微笑。
「真的不要緊嗎？別逞強喔，到屋子裡暖暖身體吧。」
「不用了。」
這對話在這幾分鐘內已經重複了十幾次，不過明依還是堅決不肯點頭。
「我不是那種沒常識到會不先打聲招呼就不請自來跑進別人家的女人。」
「在這種隆冬裡，不請在外頭等了一個多小時的學妹進屋就讓人回去，也是非常沒有常識的事情好不好，好了啦好了啦，快進來，不然真的要感冒了。」
「不用了，我馬上就要回去了，我只是來把這個交給學長而已。」
明依制止了想要開門的我，將一個小小的護身符連同茶杯一起遞過來。
「這是……」
上頭龍飛鳳舞寫著美麗的金色刺繡文字——『金榜題名』。
「我媽媽的老家在關西開神社，我拜託外公在這裡面注入特別強力的祈禱，有它在，學長肯定能夠金榜題名。」
「這樣啊，謝謝妳特地準備了這個，我很高興。」
「欸嘿嘿嘿，第二回考試也請加油囉！」
明依燦爛一笑，對我豎起大拇指。

「喔，明依妳也加油啊，棒球社就拜託妳啦，魔鬼經理！」

我與她碰了碰拳頭。

「啊……………」

「咦？」

我還以為明依肯定會回我一句充滿氣勢的話，結果她卻身體一震，把拳頭縮了回去。

「明依？」

「……………」

然後，她的臉轉眼間變得一片通紅，我又惹她生氣了嗎？正當我不安地湊上去看她的臉色時——

「你、你靠太近了！」

明依突然衝了出去，她兩階併作一階地衝下被雪沾溼的鐵製樓梯，連扶手也不抓。

「喂！不要用跑的，很危險啊！」

「呀啊！」

不出所料，明依在最後一階狠狠滑了一跤，然而她發揮了超乎常人的反射神經一把抓住扶手——

「嘿咻！」

以該處為支點撐起下半身，然後轉了一圈，著地。

「哇，嚇死我了，千鈞一髮啊！」

……我從很久以前開始就一直覺得，比起當經理，這個人應該更適合當選手吧。

「明依，妳沒事吧？腳有沒有受傷？」

「哇啊！沒事、我沒事，所以你別過來！」

我跑下樓梯，而明依大聲地制止我。

「……明依？」

「我沒事，所以，請保持著這個距離聽我說。我，有件事得向學長道歉。」

「道歉？」

明依用鞋子把樓梯上的積雪撥散。

「是的。我老是跟學長說些冠冕堂皇的話，對學長打棒球的理由吹毛求疵，但是，其實我自己也不是因為真的喜歡棒球才來當經理的。」

「……咦？」

明依用手掌擦了擦剛才與我相碰的拳頭，說。

「我的理由其實更不單純……不單純…………」

後半段的言語化作白霧吐了出來，純白的雪花彷彿要為明依通紅的臉頰降溫般片片飄落。

「可是，現在不一樣了，我熱愛棒球，所以，請學長看著，不管是現在的二年級、一年級，還是未來加入的一年級，我都會鍛鍊、再鍛鍊他們，絕對會把他們帶進甲子園，讓你這個廢柴學長知道，就算我們不是棒球名校，只要有心還是做得到！」

說完後，明依逆著不停飄落的雪勢，對我高高舉起一個勝利的V手勢。

「妳說誰是廢柴啊……」

「啊哈！」

然後，明依又笑了。

明亮的笑容彷彿春天已經降臨在她身邊似的。

「……那就拜託妳囉，魔鬼經理。」

讓我不由得心想，如果能夠跟這個人一起再多打久一點的棒球，那該有多好。

「再見。」

撥開細雪，明依依舊學不到教訓，在積雪的路上奔跑著離去，她在後面的公園前停下來，轉過身，用雙手充當大聲公，用力地吸了一口氣——

「翔太學長，我最喜歡你了——！」

用她訓練棒球社時的大嗓門這麼說。

海帆　二月第一週

撕下一月份的月曆後，二月的月曆以一副理所當然的姿態出現在下方。

……之前一直聽大家在說：「要來了要來了」，沒想到正式考試現在居然真的來了。

我一邊想一邊把撕下的月曆揉成一團。

我姑且又翻起一張月曆來確認，底下的三月月曆頂著一副理所當然的姿態垂在那裡，我再翻一張，結果看到房間的壁紙一臉驚嚇地露臉了。

就在這樣的一個二月一日。

Z會最後一次將改好的答案卷寄到了，這是我在過了期限很久之後才提交歷年考古題並收到的成績，大概是考量到這個時期吧，Z會的回覆快得驚人，只不過，驚人的並不只有回覆的速度——

「這是、怎麼回事……？」

我一開始先是懷疑自己的眼睛，於是我揉揉眼睛，接著把眼鏡摘下來擦一擦，最後懷疑是印刷時的汙漬，於是用手指抹一抹，但是，不管我怎麼抹、往哪裡抹，印在上頭的數字都沒有改變。

「真的假的？」

最後的最後，我試著再次擦了擦印刷已經完全糊掉的分數欄——上頭的數字依舊沒有改變。

隔天——

「啥？滿分？」

千尋的大嗓門響遍整間圖書室，埋頭苦讀的學生們全部一起抬起頭來。

「噓——妳太大聲了，千尋。」

「哎呀，聽到這個難免會大聲嘛，模擬考滿分很厲害耶，我連小考都沒考過滿分。」

「要我說幾次，妳太大聲了啦！還有，才不是模擬考滿分。」

我將食指豎在嘴巴前，坐立不安地偷看周遭有沒有人聽見。

大崎三島高中三年級學生的課在十二月就上完了，從一月開始，三年級學生只需要在特殊日子裡到校即可。只不過，由於教室和圖書室是開放的，即使已經過完年了，出現在校園內的三年級學生還是意外地多，還有就是，考生這種生物對考試分數總是十分敏感的。

「不是模擬考的話，那是什麼考的分數？」

「就跟妳說是Z會的考試分數了，而且只是其中一科僥倖拿到滿分而已。」

「呃，我不是很明白妳的意思，海帆，那些考題簡單到只要運氣稍微好點，任誰都可以拿到滿分嗎？」

原本還昏昏欲睡地看著漫畫的萬結，饒富興趣地把臉湊過來。

「哎呀，也不是啦，怎麼可能任誰都拿得到滿分，或者說，嗯，我想一般來說是不可能的……」

「那，意思不就是很厲害了嗎？海帆真的從大考中心測驗之後狀況就一直很好耶。」

千尋一臉拿我沒轍的樣子這麼說，然後——

「既然如此，那好！」

她突然將自動鉛筆伸到我的嘴邊。

「妳幹麼……？」

「妳上榜了，請說說現在的心情。」

「別這樣啦，討厭！」

我不禁站起來大叫，結果聽到遠處傳來責備的咳嗽聲。

「……對不起。」

我瞪著千尋坐下，緊接著——

「喂，倉橋。」

圖書室的門被人打開，班導師山內老師招了招手叫我過去。

「不好意思啊，打斷妳念書。」

「哪裡哪裡，沒關係……」

我原本還提心吊膽地想說老師肯定是要罵我在圖書室裡喧譁，結果等在走廊上的老師一開口就眉開眼笑。

「其實啊，我是想來拜託倉橋妳撰寫考試快訊的『學長姊之聲』的原稿，怎麼樣，妳願意接受嗎？」

「咦？我嗎？」

考試快訊是會發放給全校學生看的刊物，說起來就是專門報導考試相關訊息的校內報紙。基本上，它的內容主要為大學相關資訊或是有益於學業的消息，在這段時期裡，也會刊載成功考上好大學的三年級學生的經驗談或是給學弟妹的建議等等。

「可是，我還沒考上任何一間大學啊。」

「這我知道，所以這算是預約。哎呀，話雖然是這麼說，其實也幾乎等同於確定了，畢竟妳狀況很好嘛，是不是啊，倉橋？」

老師用一副「妳別謙虛了」的態度拍拍我的肩膀。
「哪有，我沒有——」
「她的狀況超級好——！」
「海帆她還考了滿分喔！」
不知道在什麼時候偷偷跟上來的千尋和萬結代替我回答了老師。
「喂！妳們兩個！」
「哦哦！是真的嗎？真可靠啊，倉橋，我們學校很少有人去念東京的大學呢，我會幫妳大幅增加版面的，盡情寫吧！」
「請等一下，怎麼這樣——」
「厲害耶，海帆。」
「寫吧寫吧，海帆，可能的話就用英文寫，可以嗎，老師？」
「喔，當然可以啦，拜託妳啦，倉橋，可能的話，現在就可以開始寫啦，反正妳已經確定能夠考上——」
「請不要這樣！」
我用盡全力大聲地打斷老師最後一段話——
——咳咳咳咳咳咳咳。

結果引來圖書室裡一陣咳嗽聲大合奏。

╳

「唉……」

靠在渡輪的椅子上，嘆息自然而然地湧了上來。

我透過刮痕累累的窗戶看著大海，二月份凶狠的波濤捲起黑漆漆的漩渦。

「……好恐怖啊。」

我無意識地這麼脫口而出。

太順利了，好恐怖啊。

不知道圖書室裡的那些人，聽到我這麼說會露出什麼樣的表情呢？

自從我努力跨越了大考中心測驗以來，我的課業順利得讓人害怕，古文可以流暢地讀過去，世界史的年號不管有多少都能往腦袋裡記，不擅長的數學也脫離了可稱為弱項的範疇，英文則是……………滿分。

肯定會上榜，這是不可動搖的事實。

……………所以，我絕對不能失敗。

我深深地吐出一口氣，一個嘆息又引來另一個嘆息，我從座位上伸長了脖子四處環顧一圈，結果跟坐在最後一排座位上的荒卷家老爺爺對上視線了。

我要報考東京的大學，這件事學校裡的每個人都知道，拜爸爸的廣播之賜，島上的人也全部都知道，這下萬一沒考上的話，我不知道得面臨什麼樣的處境。

荒卷家的老爺爺注意到我，對我微微一笑，而我也僵硬地回以一笑，把脖子縮了回來。

學校裡的朋友和島上的人都很溫柔，我就算沒考上應該也不會怎麼樣，可是，即使我明白這一點……情況越是順利，壓力越是不受控制地在我心中增長。

當所有事情都進行得很順利時，後頭就會有陷阱在等著我，我的人生向來都是如此。

我想起小學時第一次參加直笛考試的時候。

當時的考試以每個人一個一個輪流到教室前面發表的形式來進行，而且會指名在練習時吹得最好的人第一個上去吹奏。

我很想被選上，所以在課堂上死命地練習，被選上之後，回到家也不眠不休地練習。

結果，正式上場的那一天，已經練習練到閉著眼睛也能吹奏的我，意氣風發地走到教室前面，然後被講臺絆倒，跌了個狗吃屎，直笛摔得粉碎散落一地。

接下來的事情我記不清楚了。

只記得身體並不覺得有任何地方疼痛，我卻還是嚎啕大哭著被帶往保健室，教室裡，男孩子們奚落嘲笑的聲音不絕於耳。

「……好恐怖。」

我把手伸進制服的口袋裡。

護身符已經磨損得破破爛爛，卻還是不斷對我說著那句：「很美的翻譯」。沒問題的，別想太多，一切都會很順利的，海帆。

可是，即使如此……

船搖搖晃晃，波濤彷彿要將我吞沒般翻騰起伏。

「怎麼啦——？我們的天才少女幹麼露出一張苦瓜臉？」

「嗚哇！」

突然，兩排連在一起的座椅猛地晃了晃。

「爸爸！」

轉頭一看，只見穿著一身船員制服的爸爸在隔壁位子上翹著他的短腿。

「你在做什麼啊，爸爸，不用去開船嗎？」

「今天上午是小米負責，我負責引導客人。」

「所以說，你不該坐在這種地方吧？」

「不要這麼不知變通嘛！船隻行駛中哪有什麼事情好做的？來，吃一個。」

說完後，爸爸從上衣口袋中拿出兩個用塑膠袋裝著的包子。

「這是經理的兒子從東京帶回來的土產，說要送給用功念書的小海帆。」

「……謝、謝謝。」

我戰戰兢兢地拿走包子，彷彿收下的是一把刀子。

「妳看起來好焦躁啊，是因為考試快到了所以在緊張嗎？丟臉喔。」

爸爸一邊抓著頭一邊說。

「……當然會緊張啊。」

我這麼說，同時用手指將裝著包子的塑膠袋弄得沙沙作響。

「什麼啊，緊張到連逞強都不會啦？」

爸爸張大嘴巴，將包子整顆放進去，而我再度將視線轉回窗外——

「吶，爸爸……」

用只有爸爸聽得到的音量說。

「什麼事？」

「你再度踏上船的時候不會怕嗎？」

咀嚼包子的聲音頓了一下。

「當然會怕啊。」

然後又繼續響了起來。

「……這樣啊。」

五年前，遨遊於世界各大海洋的爸爸身體出了狀況，離開了他所待的漁船。那年冬天在鄂霍次克（註8），爸爸為了救助從船上不慎墜海的同伴，自己也跳進了海中，這無疑是種自殺的行為，他們兩人雖然立刻被救上岸，卻因為嚴重失溫而在鬼門關前走了一遭。最後雖然保住了一條命，但是爸爸的內臟已經受損，撿回一命的男人從此害怕得再也不敢踏上船隻。

「既然會害怕，那為什麼還要上船呢？」

我凝視著海洋這麼問。

「因為我有更害怕的事啊。」

隨即回覆的這個答案和我所預想的答案有點不一樣。

「更害怕的事？」

「嗯。」

爸爸嚼著包子點頭。

「因為當時……唉，其實現在也一樣啦，因為海帆和千帆妳們都是需要人照顧的小

註8　位於鄂霍特河流入鄂霍次克海的河口，隸屬俄羅斯遠東聯邦管區哈巴羅夫斯克邊疆區。

不點啊。我不能讓由紀子出來工作，為了讓妳們有得吃，我只能上船啦，和失去家人比起來，船算是個屁啊！」

「是這樣啊。」

「包子妳不吃嗎？」

爸爸用指頭彈了彈我手中的包子。

「……吶，爸爸。」

我再次看著海說。

「怎麼啦？」

「假使喔，假使我落榜的話，你會怎麼辦？」

「落榜的話？」

「……嗯。」

我盡力裝出一副若無其事的模樣，聲音卻顫抖得停不下來，這是我好不容易才說出口的話，不安突然化為眼淚，順著淚腺衝了上來。我拚命咬緊嘴脣，等待爸爸的回答。

「這……我應該會捧腹大笑吧。」

「咦咦！不要笑啦！」

可是，爸爸的回應再度輕輕鬆鬆地超出了我的想像。

「哎呀，要笑要笑，這種事情絕對要大笑的啊！」

「過分，這明明就不好笑！」

「很好笑。」

「咦？」

「我剛才不就說過了嗎？我啊，最害怕的事就是失去家人，和這個相較之下，其他的事情全都是笑話。」

說完後，爸爸真的高聲笑了出來，而且還笑得很大聲，笑得震耳欲聾。

「吶，海帆，將來的事妳不用怕，總之就在東京大幹一場，不管結果如何，我都會笑著讓妳上船的！」

「…………嗯。」

我看著大海點點頭，我在哭這點應該已經穿幫了，但是我還是不想讓爸爸看到我哭泣的臉。

忽然，大海稍微平靜了下來，是劍玉岩用它的身體為我們擋住了海浪，我望著五島的守護神，聽著爸爸咂咂咂的咀嚼聲。

一直、一直看著、聽著。

「……吶，爸爸。」

然後，在眼淚停下來的那一刻。

「怎麼啦？」

「那個塑膠袋……不能吃喔。」

我終於忍不住笑了出來。

「啊？這個不是糯米紙喔？」

「廢話，你要嚼到什麼時候啊。」

「搞什麼鬼啊，難怪我老覺得怎麼嚼它都不溶化。」

「喂、髒死了，不要吐出來啦！咦？爸爸，有一個角不見了。」

「完蛋了，我把塑膠袋吃下去了！」

客艙裡充斥著父女倆的笑聲。

就算我考試落榜了，就算爸爸把塑膠袋吃下去了，只要我們一家人還在一起，這些事對我們而言統統可以一笑帶過。

回頭一看，只見荒卷家的老爺爺也跟著我們一起笑著。

翔太　二月第三週

「那我出門囉，小翔，媽媽晚上六點會回來。」

把腳套進深咖啡色的靴子裡，老媽於本日第四度宣告她的回家時間。

「沒關係啦，難得出門一趟，至少吃個晚飯再回來吧。」

「不行，媽媽絕對會回來的，如果晚上六點還沒回來的話就打電話給我。」

不管我勸她幾次，老媽都不肯接受，她白活了這麼一大把年紀，手機上還裝飾得花花綠綠，老媽將手機像印籠（註9）一樣湊到我面前。

「知道了，妳快點去吧。」

「絕對喔，絕對要打電話喔！媽媽愛你唷，小——」

「慢走。」

註9　古時候日本人用來裝印章或藥品之類小物件的盒子，一般會掛在腰帶上隨身攜帶。在日本民間故事《水戶黃門》中，每當水戶黃門亮出印籠表明身分，平日裡作威作福的貪官汙吏們便會嚇得乖乖就範。

再這樣下去，老媽大概永遠都出不了門，所以我硬是把她推出門外，關門。

星期六，過了晌午，老媽如她很早以前就說過的，出門去和人見面了。

從她淡淡地噴了一點平時上班鮮少噴的香水，並且從鞋櫃深處拿出長筒靴的行為來看，不用問也知道她的會面對象是誰。雖然老媽口頭上堅持著她會在晚飯時間前回來，不過到時候大概還是會深夜晚歸吧，這樣正好。

「好！」

我在只剩我一個人的客廳裡自言自語，然後鼓起幹勁拉開木質地板房間的拉門。

突然襲來的寒氣讓我的身子縮了一下，我沒開暖氣，因為太溫暖會想睡，我拉開椅子坐到書桌前，年底前被各式各樣試題集和參考書占據的書桌如今被收拾得乾乾淨淨，我之前試著用過好幾種不同的教材，但是到了大考前夕的這個時期，能夠為我指引方向的還是只有Z會。我確認了一下牆壁上的時鐘。

念到下午五點——這麼決定之後，我敲了敲自動鉛筆。

一直念到告一個段落時，時間已經晚上六點半了。

窗外天色已經暗了，老媽還沒有回來，跟我所料想的一樣。我用杯麵簡單地解決晚飯後重新回到書桌前，確認過手機裡沒有老媽的來電後，我拉開書桌的抽屜。

我從抽屜裡拿出整疊的照片，一張一張小心地排在書桌上，縱兩列橫九排，世界各地的風景名勝排列得整整齊齊，我在旁邊放上一張活頁紙，提筆，開頭果然還是該用「致老爸：」吧？我確認一下牆壁上的時鐘，現在時刻是晚上六點四十五分。

寫到七點——這麼決定後，我開始動筆書寫要給老爸的信。

這是我第一次回信給老爸。

我也不是刻意要迴避回信這件事，只不過，不知道為什麼，一直以來，每當我開始動筆回信時，想寫的內容就會從腦袋裡脫落得一乾二淨。我不知道這個缺陷的肇因是源於我自身的懶惰，還是我無意識地在顧慮老媽。

『致老爸：』

寫完這簡短到不能再簡短的第一行後，我馬上停下筆。

我保持著那個姿勢，靜止了一陣子，然後像是離開打擊區的打者一樣，把原子筆從活頁紙上移開，我按下筆蓋收回筆尖，在第二行的空白處試寫幾筆，然後把筆上下顛倒過來，用筆蓋點在紙上，接著再倒回來，筆尖像打地鼠機的地鼠般不斷從洞裡縮進彈出、縮進又彈出。

不管我怎麼做，就是想不到第二行之後要下筆的內容。

我以前都不知道，原來寫信是一件這麼困難的事。

我再一次閱讀老爸的信。

現在所在地是哪裡哪裡、天氣是冷是熱，信上只寫了這類極其簡潔的近況報告，這下我終於能夠理解老爸為什麼每次都要在信裡附上照片了，因為只要加上一張寄託了心情的照片，就算文字再少也能傳情達意。

這回我拿起照片，上頭是緊貼著捷克陡峭崖壁而建的一戶戶玩具般的人家，我看了五分鐘之後，把照片放回原位。

「只有照片果然還是很難懂啊，老爸。」

我不由得心想——如果老爸是個會在信上多寫幾行字的人，那他或許就可以不必和老媽離婚了。

等我好不容易寫完第二行時，時間已經來到了晚上七點半。

這和我一開始預估的時間有大幅落差，再這樣下去，在我去寄信之前天就要亮了，因此我硬是加快速度，又多花了三十分鐘，最後總算寫出一封五行字的信。

我泡了杯熱騰騰的綠茶稍微緩口氣，回頭再看一次信大概會連自己都看不下去吧，所以我直接將大片空白的活頁紙折起來，折成了四角形。

此時，我終於注意到一件事——我家有信封嗎？

這種東西可能放在什麼地方，但是我從來沒見過。

結果，在那之後我又花了二十分鐘在公寓裡大肆搜索，最後終於在老媽的化妝台抽屜裡發現了一疊熟悉的信封。

「……咦？」

然後，我維持著那個姿勢不動了十分鐘。

這是什麼？這東西為什麼會出現在這裡？

我用顫抖的手指拿起信封。

那是三張裝在玻璃紙裡的花朵圖案信封。

不合季節的太陽花鮮紅地點綴在信封四角。

我一直想到遠方去。

我總是目送著乘風破浪航向遠洋的船隻，任思緒徜徉在地平線的另一端。

我可以到多遠的地方去呢？

在我跋山涉水抵達的地方，我可以做些什麼呢？

雖然想像中著陸的地方每次都不盡相同，但是，今天我踏出了第一步。

「要好好保暖喔，沒有忘記東西吧？」

到泊船處來為我送行的媽媽幫我把圍巾重新圍好，並且這麼說。

「嗯，准考證和新幹線的車票都帶了，剩下的東西就算有缺也可以在那邊買到。」

我把兩隻手伸進大衣口袋裡，右邊的口袋裡是錢包，左邊的口袋裡是手機和護身符，買不到的東西都好好地放在這裡。

「這樣啊，那要注意身體喔，要是感冒一切努力就都白費了。好了，這樣就行了，別再去碰了喔！」

媽媽把圍巾纏得嚴嚴實實，勒得我的脖子幾乎快血液循環不良，然後——

「保持平常心的話，妳一定沒問題的。」

她用雙手包覆著我的臉對我這麼說。

「嗯，謝謝妳，媽媽。」

「姊姊……」

跟在媽媽旁邊的千帆拉了拉我的大衣衣袖。

「加油喔，這個給妳。」

說完後，千帆把一個東西塞進我手裡。

「糖果？」

「嗯，聽說砂糖對頭腦很好。」

「這樣啊……謝謝妳。」

我忍不住笑了出來，用力抱緊了千帆軟軟的身體。

「我以前老是惹妳哭，對不起。」

聽到我摸著她的頭髮這麼說——

「……我原諒妳。」

千帆緊緊偎在我的胸口點點頭。

「船來囉。」

汽笛聲像是在回應媽媽的話一樣鳴響三聲，接著，爸爸的船現身於海浪之間。

「吶，看這邊！」

一陣衝動上來，我從口袋中抽出手機，朝著她們兩人按下相機鏡頭的快門。

「妳、妳這是突然做什麼啊！」

「別管了別管了！」

我不理會一頭霧水的兩人，自顧自地確認拍下的照片，畫面中的媽媽和千帆果然也是一臉一頭霧水的表情看著這邊。

這麼一來，我即使身在東京，也依然和她們兩人在一起。不過這種話說出口實在太難為情了，所以我默默地將照片保存下來。

渡輪今天依然是準時靠岸，在舷梯被匆匆遞過來之後——

「過來，海帆。」

爸爸從船上對我伸出手。之前他明明從來沒有這麼做過的，害我不知道該作何表情，在原地遲疑不定，結果——

「快點過來！」

爸爸強硬地拉過我的手，把我一把拉上船。

「振作點啊！」

然後，我的屁股被爸爸狠狠一拍。

「嗯，謝謝。」

上次握住爸爸的手是什麼時候的事了呢？

這雙知曉我所不知道的「遠方」的手掌，又寬大又厚實。

引擎的震動輕輕搖晃著甲板，船身開始大幅傾斜。

渡輪快速地離岸，往本島航去，船隻遠離島嶼的速度感覺起來比平時還快，這大概是我的錯覺吧。

我回頭看島。

千帆在碼頭上揮著手，一邊跳一邊拚命喊著什麼，真是個小笨蛋啊，那個樣子豈不像是我再也不會回來似的嗎？我用力地揮手回應，一直、一直揮到看不見千帆那小小的身影為止。

『感謝您今天搭乘姬座輪船。』

渡輪離開海灣後，船內喇叭一如往常地將爸爸粗厚的聲音傳到船上，一想到今天是我最後一次聽爸爸從頭到尾一點進步都沒有的英文聽力廣播，我就不禁有股深深的感慨。

『本日擔任船長的是我，倉橋泰三，今年四十四歲，目前正載著明天要到東京去考試的女兒駕駛中，那麼，接下來請大家對著劍玉岩雙手合十，祈禱我的女兒能夠金榜題名⋯⋯⋯⋯⋯⋯合掌。』

你在叫乘客們做些什麼啊！啊啊，謝謝大家，我會努力的。

爸爸今天的船上廣播仍舊狀態絕佳，不知道是不是打算以歌聲為我加油打氣，就連封印已久的演歌，今天都是大家一起從頭到尾唱完的和聲版。

×

『感謝您本日搭乘新幹線，本列電車……』

新幹線的車上廣播和聽慣的爸爸的廣播相較之下對比鮮明，完全沒有冗言贅字。

我記得我最後一次搭乘新幹線應該是在高二時的修學旅行，目的地同樣是東京。

當時我坐在新幹線的座椅上，和大家一起開開心心熱熱鬧鬧，如今卻是孤零零地一個人靠在椅子上。我有點膽怯起來，於是發簡訊給千尋和萬結，她們的回覆來得十分迅速。

萬結：加油喔，海帆，我們永遠在一起！

千尋：上吧，海帆！我一直都在妳身邊！

……我錯了，如今的我也不是一個人。

不久後，新幹線以船隻無法比擬的流暢平穩跑了起來。

終於，要去東京了。

我埋頭於Z會的講義中，結果比預料得更快抵達東京。

東京被雪染成一片雪白。

我第一次來東京時，東京的天空、建築物和空氣都是灰色的，讓人覺得這完全不是個可以住人的地方，但是今天的東京一片雪白，美極了。我忍不住覺得，這是東京在歡迎我，於是意氣風發地踏出來到東京的第一步。

然而，走不到二十步，我就發現我錯了，大錯特錯。

……這種人潮的洶湧度是怎麼回事？

離開月台，走下電動扶梯後，我來到一處地方，這該稱為一處公眾聚集的場所嗎？為什麼人一直都這麼多？我原本想等人潮少一點的時候再移動，於是走到一旁去避難，結果人潮完全沒有減少的跡象。

看來再等下去事情也得不到解決，於是我一咬牙，衝進人潮裡，後有推力前有拉力，我手忙腳亂地把車票和特快車票插進驗票機裡，通過了驗票口。

出來之後，我有種已經在暈眩的感覺，於是找到廁所衝了進去。

雖然這裡稱不上是個適合讓人喘口氣的理想地點，不過在洗完手，用溼手帕擦了擦額頭之後，我終於稍微定下心神了。我拍拍臉頰，在心裡對著鏡中那張蒼白的臉精神喊話。

振作點，海帆，要是在這種地方被擊潰，那接下來要怎麼辦！妳才剛站上東京的入口喔，重新把心情調適好，走吧，接下來要去搭乘在來線（註10）。

「…………啊咧？」

對自己說到這裡時，我總算發現自己沒有車票這件事。

慘了！新幹線的驗票機只會回收特快車票，不把車票拿回來的話，就沒辦法搭乘在來線了！但是現在才發現也已經來不及了，在我語無倫次地向站務員說明這個狀況後——

「下次記得要拿車票喔。」

站務員苦笑著讓我出站。

「對不起，對不起。」

我低頭道歉，通過驗票口，來到東京才五分鐘就已經出現一次失誤了，噁心反胃的感覺再度回來。我逃離人潮，逃到牆邊避難，閉上眼睛深呼吸一次、兩次。

註10　相對於新幹線，意指新幹線以外的所有鐵道路線，即過去一直沿用至今的窄軌既有路線。

好，還不能哭，雖然在走出東京車站前就已經備感挫折了，但是我不能在這裡退縮，今天我還得入住旅館，在那之前還必須提前勘查一下考場，我覺得這簡直堪比瓦斯科・達伽馬（註11）的大冒險了，雖然實際上應該沒有那麼困難。沒問題的，我做得到，不過就是要搭電車到大學去而已嘛。

我抱著跟它拚命的覺悟，邁步往在來線的售票口走去。

然後，我馬上就迷路了。

我受不了了啦！難道我連電車都搭不了嗎？

不管我怎麼看牆上的地圖，都看不懂我的目的地在哪裡、我現在的位置在哪裡，甚至是這張地圖標示的是哪裡的地理，我是個看不懂地圖的女人啊！要是我當初選的不是世界史而是地理那就好了。

我放棄看地圖，轉而抬頭去看天花板上懸吊的指示牌，在縱橫交錯的箭頭糾結交會之處，我看到了我要找的在來線的名字。絕處逢生，我找到救命稻草了！

接下來，我一心相信著箭頭一直走，箭頭一下往右一下往左，強而有力地引導著我。人越來越多，每個人都腳步匆匆，只有我一個人在慢吞吞地走，我覺得好像快挨

註11　葡萄牙探險家，歷史上第一位從歐洲航海至印度的人。

罵了，於是竭盡所能地快步向前走。

不久後，在來線的售票處出現在前方，信者得永生啊！我買了票，來到月台，心中這才稍微鎮定下來。沒事的，這和鄉下沒什麼不同，只要等待電車就會來，只要搭上電車，電車就會把我載到目的地，看來我已經度過難關了。

謝謝你，箭頭，我好愛你。

我在站名裡有大學校名的最近一站車站下車，朝有大學校名的出口走。

接下來應該不會再迷路了，我通過驗票口，走下樓梯，踏上被白雪覆蓋的步道。校舍已出現在眼前，一座格外高聳的紅褐色鐘塔聳立於此。

就是那裡了，我就是為了到那裡去才一路走到這裡的。

在許許多多人的鼓勵、支持之下，盡情哭過、煩惱過，最後總算來到了這裡。

——好大啊。

這是我的第一印象，遠比照片上看起來的印象更大。

這裡就是我這一年來的目的地。

——我想進這所大學。

站在校門前的這一刻，這份一直放在心中的心情熊熊燃起，幾欲融化飄落的雪花。

「接下來……」

場勘完畢之後，該做的正事終於都做完了。

接下來只要到旅館登記入住，為明天的戰鬥做好準備即可……不過。

可是，在那之前，稍微放縱一下，應該，沒有關係吧？

我的肚子咕嚕嚕地叫，不知不覺間已經過了中午。哎呀，不知不覺這個說法可能有點不太正確，因為我是刻意沒吃飯的，之前有那麼多可以吃午飯的機會，卻硬是忍到現在。

沒關係吧？我已經確認過從車站過來要怎麼走了，在來線的乘車方式也和鄉下沒有什麼兩樣，現在已經場勘完畢，所以應該沒關係吧？

我離開大學校園，往車站的反方向前進。

我的腳步比從車站走到大學的時候輕盈了一點點。

我從口袋裡拿出智慧型手機，檢索網頁，用不著看地圖，從這裡一直直走過去就對了。

在雪中徒步十分鐘後，一棟三層樓高建築物的一樓就在眼前。

裝潢時髦又可愛，令人心跳不已，我私下做過功課的可不只有大學的所在地點。

我鼓起勇氣，打開玻璃門。

「歡迎光臨，這邊請。」

穿著可愛制服的可愛店員臉上帶著燦爛的笑容為我帶位，然後，待我手足無措地在椅子上就座後——

「請問您要點些什麼？」

店員在桌上攤開菜單。

我連看都不用看，要點什麼我在離島之前就已經決定好了，這是我一直憧憬嚮往的菜單，沒想到在大學附近居然就有一間專賣店。

我吞了口口水——

「請給我一份鬆餅。」

用燦爛的笑容這麼說。

×

「請問是倉橋小姐嗎？我們一直恭候著您的大駕，您的房間是304號房，請。」

接待處的眼鏡大叔露出優雅的笑容，把綴有旅館名字的卡片從櫃檯上滑過來給我。

「啊，好的，呃，那個，請問鑰匙……」

聽到我這麼說，大叔無言地把卡片又往我這裡推了一公分，我這才發現，原來那張卡片就是鑰匙。

搭乘電梯來到三樓後，我發現房間有點舊、有點小，不過我又不是來玩的，這部分就將就將就了，從這裡搭電車到大學距離只有一站，此處就是我今天一晚限定的本營了，我把書包丟到地上，往床上一倒，確認過床鋪睡起來的感覺後，我再接著確認枕頭旁的數字鐘。

19：20

吃完鬆餅後，我稍微念了一下書，回過神來發現天色已晚，結果我連晚飯都在那間店裡解決了。由於外頭又黑又冷，所以我直接搭計程車到旅館來，但是……這樣好像有點奢侈啊。

我從床上起身，拉開窗戶的百葉窗。

雪雲還沒有退去的跡象。

雖然不是暴風雪，但是這陣雪還是以一定的速率、一定的量堅定地持續落到地上，不知道這場雪是否也降到了島上？大家現在又在做些什麼呢？

……我或許，有點玩得太瘋了。

不行不行，海帆，妳可不是來玩的！明天就要一決勝負了，妳得振作精神才行！好，再來念一輪書吧！

不過現在要先打電話回家告知家人我已經平安抵達旅館了，所以我從外套口袋中拿出手機，在螢幕上滑動手指。

——35通未接來電。

結果，我的背脊竄上一股寒意。

……這是怎麼一回事？

我馬上開啟通話紀錄來看。

『未接來電　19：20　家中』

『未接來電　19：20　家中』

『未接來電　19：19　家中』

『未接來電　19：19　家中』

『未接來電　19：19　家中』

『未接來電　19：18　家中』

『未接來電　19：18　家中』

『未接來電　19：18　家中』

『未接來電　19：18　家中』

『未接來電　19：17　家中』

『未接來電　19：17　家中』

『未接來電　19：17　家中』

『未接來電　19：16　家中』

『未接來電　19：16　家中』

『未接來電　19：16　家中』

『未接來電　19：16　家中』

『未接來電　19：15　家中』

『未接來電　19：15　家中』

我差點拿不住手機。

這……是怎麼一回事？

螢幕上的畫面從上到下被家中來電盡數填滿，和這不尋常的來電數相較之下，更讓人驚恐的是——這些電話全部都是集中在這十五分鐘內打來的。

我用顫抖的手指按下回撥，祈求著：『千萬別出事』——然而這個希望實在太一廂情願了。

「妳太慢了！」

電話才響第一聲就被人整臺拔起似的接起來，千帆一接起電話劈頭就哭了起來，這加深了我不祥的預感。因為，家裡應該已經沒有其他人會把千帆弄哭了啊。

「怎麼啦，千帆？發生了什麼事？」

我壓抑著心急，盡可能溫柔地跟她說話，卻只從聽筒中聽見千帆的嗚咽。

「千帆，怎麼啦？妳一直哭我也不知道發生了什麼事啊，千帆。」

即便如此，我還是耐心地花時間諄諄善誘，千帆也在好幾次不住的咳嗽後拚命地擠出一句話來——

「爸爸……要死掉了…………」

說完這句話，她彷彿被引燃火勢般地哭了起來。

「千帆……妳剛才說什麼？怎麼回事，千帆？」

但是，不管我怎麼問，聽筒裡傳來的都只有哭聲。

「千帆，妳在說什麼？不要哭了，千帆！」

我對著受話筒大叫，即使我知道我不該這麼做，卻還是忍不住大叫。

「千帆，妳在跟誰講電話？」

冷不防地，我聽到哭聲遠處傳來大人的聲音，接著聽筒被搶走，千帆的哭聲漸漸遠去——

「喂喂喂，請問是哪位？」
媽媽的聲音清晰地傳進耳中。
「媽媽！我是海帆，爸爸怎麼了！千帆為什麼在哭？媽媽！」
一聽到媽媽的聲音，我彷彿潰堤般一說就停不下來。
「喔，是海帆啊，怎麼啦？怎麼這麼晚才打電話回來，有順利住進旅館嗎？可不能在其他地方逗留喔。」
「咦咦？喔……嗯。咦？媽媽，爸爸他……」
「沒事。」
媽媽平靜地這麼回答。
「妳爸爸他沒事，所以妳冷靜點，海帆。」
媽媽試圖讓我冷靜下來，但是努力放緩的語調反而更讓我預感到事態的嚴重性。
「我現在就跟妳說明，再提醒妳一次，先冷靜下來，然後聽我說。」
事先這麼聲明過後，媽媽用更慢的語速開始說了起來。
結果，我的預感還是成真了。
爸爸為了營救酒醉失足落海的乘客，從船上跳進了海裡。
雖然兩人都迅速地被救起，但是這天氣畢竟太冷，最後兩人都被送進了醫院。
「等等，媽媽，妳說爸爸被送進醫院，難道是……」

我拿著電話的手微微發著抖。
——失溫。
這個詞我說不出口，五年前爸爸跳進鄂霍次克的海裡被送進醫院時，醫生曾經狠狠地警告過我們，爸爸能獲救是個奇蹟，同樣的事情要是再來一次的話，那可真的就是最後一次了。
「媽媽，爸爸他……」
「沒事的。」
即使如此，媽媽還是十分肯定地這麼斷言。
「連在鄂霍次克都沒死成的人，是不會死在五島的海上的，明天他就會一臉滿不在乎地回來了。」
媽媽甚至還笑了。
「所以說，海帆，妳要集中在妳自己該做的事情上，別被妳爸爸笑話了。」
「……媽媽。」
我的聲音顫抖著。
「知道嗎，海帆？」
我好想哭，好想撒嬌，好想現在馬上回島上去，但是……
「嗯，我知道，媽媽。」

我除了這麼說之外別無選擇。

「……謝謝妳，海帆真不愧是當姊姊的人呢。」

媽媽的心中比我更加不安，而我除了這麼說之外，還能對拚命強忍心中不安的媽媽說些什麼呢？

掛斷電話的那瞬間，我雙腿一軟，一屁股坐在床上，顫抖自腳踝爬上全身，冷得我無法忍受。

沒事的，爸爸他、海上男兒可是沒那麼脆弱的。

但是，不管我的腦袋這麼告訴自己多少次，仍舊無法拂去緊緊黏在內心深處的不安。

我搖搖晃晃地站起來，拿下掛在衣架上的大衣。

我把手伸進左邊的口袋裡，右手被軟綿綿的觸感包覆，柔軟的質地完完整整地從指尖、手背包覆到手腕。

而這觸感再次讓我心裡一沉。

——沒有護身符。

我這次換伸左手進去，但是不管我用哪隻手去摸，結果都是一樣的。

不會吧？不會吧？我絕對有放進這裡的啊！

我在搭船前就確認過了，右邊的口袋裡放錢包，左邊的口袋裡放手機和護身符，在那之後，我從來沒有把護身符拿出來過。

……那，我把手機拿出來過幾次？

我把和護身符放在同一個口袋裡的手機拿進拿出了多少次？弄掉護身符的機會一共有多少次？

不安沉甸甸地襲上心窩。

大雪仍舊沒有停止的跡象。

翔太　當天　六點〇〇分

從昨天開始下的雪，到了早上時變得更大了。

晨間新聞的氣象預報播報員有點興奮地呼籲民眾警戒，今天可能會是東京近三十年來最大的一場雪。

「那，我出門囉。」

當我在玄關把腳套進變得硬邦邦的皮鞋裡時，一陣顫慄從我的腳踝竄了上來。

「都準備齊全了嗎？有沒有忘了東西？」

老媽一臉懷疑地拿起我扁扁的書包。

「嗯，准考證和錶都確認過了，其他東西要是有什麼萬一都可以在那邊買到。」

「不行，所謂的準備，就是為了要防止發生什麼萬一，來，把備用的鉛筆盒帶去。」

說完後，老媽不由分說地把自己用的鉛筆盒塞進我的書包裡。

「再來就是，要注意保暖喔。」

然後又搓開兩個暖暖包，放進我大衣兩側的口袋裡。

「不需要用到兩個啦。」

「不行，帶著，你看看你，圍巾圍得到處都是縫隙。」

見我想把其中一個暖暖包拿出來，老媽稍微責備了我幾句，然後重新幫我把圍巾圍好。

「…………怎麼啦，小翔？」

「沒，沒事。」

在這麼近的距離下與老媽視線相對，讓我不由得別開臉。

怎麼搞的，老媽今天的樣子有點奇怪，該說是很溫順還是很穩重呢？

「你的嘴脣上沾到東西了喔，小翔。」

雖然她還是跟平時一樣黏人，但是怎麼說，我不會形容……總覺得動機好像不太一樣，大概是老媽自己也特別重視今天這個日子吧。

「好了，這樣就沒問題了。」

老媽圍好圍巾，緊得讓我有點呼吸困難，然後拍了拍我的肩膀。

「表情不錯喔，小翔。」

「咦？」

「只要保持平常心的話，小翔一定沒問題的。」

說完後，老媽露出一抹似曾相識，像大海一樣平靜的微笑。

……老媽今天果然有哪裡怪怪的。

「那，我出門囉。」

「吶，小翔，今天走反方向的路去車站比較好喔。」

當我的手握上冷冰冰的門把時，老媽冷不防地這麼說。

「反方向？」

「嗯，提升考運，越是重要的時刻，越是不要走最短路徑，而是要稍微繞點路才好，所以，好嗎？」

「那種事沒差啦。」

我還想繼續說下去——

「翔太，聽媽媽的話。」

但是老媽卻絲毫不肯讓步。

……她果然怪怪的。

既沒有不由分說地死磨硬泡，也沒有扯開嗓門大小聲，反而是帶著一臉柔和的笑意，面對這樣的老媽——

「我知道了……就聽妳的。」

我也只能點頭了。

「我出門囉。」

一打開門，伺機已久的寒風夾雜著雪片颳了進來，我縮縮脖子，一口氣衝出門外，老媽拉住被我放開的門——

「路上小心。」

在昏暗的玄關這麼說完後，關上了門。

——路上小心？

這是在幹什麼啊？簡直像是在打發孩子出門的母親會說的話。

老媽今天果然有哪裡怪怪的。

因為她不奇怪了，所以我總覺得哪裡怪怪的。

街道上厚厚實實地覆蓋著一層雪。

這場從昨天開始降個不停的雪，將我熟悉的一切景色填滿，化作陌生的雪景，雪下成這樣，電車的班次感覺也會亂掉，早點從家裡出發是正確的選擇。

我抓著扶手，一步一步慎重地走下鐵製樓梯，尤其是明依之前滑倒過的最後一階，我走得特別小心。走下樓梯後，突然從旁襲來的大風捲起積雪表層，我握緊口袋裡的暖暖包，撐開傘，在白色的地毯上刻下足跡。

——繞點路比較好。雖然老媽應該不至於在窗戶旁邊盯著我，但我還是遵照老媽的交代，往後頭的公園走去。

然後，我馬上就停下了腳步。

因為我聽到有人在叫我。我慢慢地回頭一看，沒人，只是我的錯覺而已。

後面的公園也完全被白雪給覆蓋了，連溜滑梯、長椅、鞦韆和鞦韆的欄杆上都積了厚重的一層雪。

老爸今天也在那個地方，在溜滑梯下，在他蹲捕的定點位置上，與其他一切事物一樣，身上堆滿了雪。

……為什麼？為什麼老爸的幻影身上會積雪？

老爸用手拍了拍肩膀上的雪，緩緩地在一片雪白上落下足跡的黑。

為什麼我幻想出來的老爸會在雪上留下足跡？

又有人叫了我的名字，睽違四年，這回不是錯覺。

不變的低沉聲音，不變的巨大步伐，淺棕色的大衣，不屬於任何球團出品，只是單純地繡了一排橫字的破爛棒球帽，一切都和以前一樣。

唯獨笑容看起來有點疲憊。

「…………好久不見了，翔太。」

「老爸……」

老爸就站在我的面前。

╳

雪無聲的落下、堆積。

只有遠方傳來微微的車聲，勉強填滿了我們的沉默。

老爸就站在我的面前。

『你為什麼會出現在這裡？』——這個疑問的答案不用問也想得到。是老媽，除了老媽之外沒有其他可能，原來這就是她那天特地盛裝外出的目的。

老爸和老媽之間還保持著那麼一點微乎其微的聯繫，這點我是在那一天的那一刻知道的，在我從化妝台的抽屜裡找到花朵圖案的信封時。

抽屜的更裡面放著好幾個封口被拆開、已經用過的茶色信封，上面用獨特好認的筆跡註明的地址就是這間公寓，收件人是我，寄件人則是——葉崎亘。

這是用郵寄的，廢話，滿世界飛的攝影師老爸怎麼可能每個月特地回日本一次，把信直接投進公寓的信箱裡。

然後，老媽看過老爸寄來的信，並且裝做不知情的模樣，替換掉信封後把信交給我，這樣老媽才能夠一口咬定這些沒寫收件人、也沒寫寄件人的信是要給我的情書。

直到昨天為止，老媽和老爸維持著的聯繫，大概都只有看看信而已吧，因為老媽總是在哭，老媽在見不到她想見的人時總是會哭。想到這裡，我終於發現了一件事——老媽每次喝得爛醉如泥，都是在老爸來信的日子。

榆木樹枝上掉下一團雪。

老爸沒開口，我也沒開口。

經過的人不可思議地看著在公園入口無言相對的我們，此時，老爸冷不防地捲起大衣袖子——

「要遲到囉。」

他總算開口，並且邁步走了出去。

難不成，老爸想要送我一程嗎？

我小跑步追著老爸的背影，當我追到兩手空空的老爸身旁時，我自然而然地將老爸納入我的傘下，接下來，我們仍舊一言不發地走著。

我想說的話多得像座山。

這四年來發生的事、棒球的事、信的事、照片的事、老媽的事……吶，老爸，我一直都有持續在打棒球喔，我一直都很期待你的來信，多寫一點嘛！我去過照片上的那座島喔，其他地方我也想去看看，老媽的酒量變差好多，老媽說不定會再婚耶，你要怎麼辦啊？吶，老爸——

但是，我還是一句話也說不出口。

我們一句話也沒說，在紅燈的十字路口同時停下了腳步。啊啊，對了，還有一件事——

「……你走路變慢了。」

好不容易說出口的，卻是這麼一句無關痛癢的話。

「……？」

老爸用不可思議的眼神看向我。

「呃，就是，以前我要跟老爸你並肩走路很不容易……」

被人盯著臉看總覺得有點難為情，於是我低下頭，假裝把黏在鞋跟上的雪弄碎。

「我沒變。」

老爸小聲地這麼說，引擎蓋上積著雪的廂型車以和步行無異的速度，緩慢地通過車道，老爸漫不經心地目送那輛車開走後——

「你已經十八歲了啊……」

吐著白色的氣息這麼說。

不是我變慢，而是你變快了，老爸想說的或許是這個。搞什麼啊，看來不擅言辭這點似乎是老爸的遺傳，這麼一想，這項長久以來讓我感到自卑的缺點突然變得讓人有點開心。

……開心？

紅燈轉綠，等待著綠燈的人們一起流向斑馬線。

「翔太？」

我卻沒有動彈，老爸因此詫異地轉頭看向我。

傘從我的手裡滑落。

「怎麼了，翔太？」

是啊，我在此之前究竟是怎麼了？為什麼我會忘記呢？這麼簡單的事情我為什麼會不明白呢？直到現在我才發現，這份一直塵封在心底、一直無法說出口的心情。

「……翔太？」

睽違四年，我正面凝視著老爸的臉，他的眼神還是和以前一樣銳利，不過果然變得有點蒼老。

「……你怎麼來得這麼慢。」

我自然而然地說了出口。

對啊，我一直、一直一直…………從四年前就一直…………

「…………我好想見你，老爸。」

一直很想見老爸一面。

「你怎麼來得這麼慢……」

眼淚隨著話語一起流了下來。

綠燈又變成了紅燈，停在那裡的車輛開始緩緩地往前行駛。

「翔太……」

老爸把手放到我的頭上，然後——

「對不起。」

用力地攬過我的肩膀。

我被老爸身上的菸味包圍，這味道和四年前一樣，沒有改變。

對了！我打棒球的意義，我現在明白了，明依！棒球是我和老爸之間唯一的聯結，是這顆不想失去老爸的心讓我持續打著棒球的！

我想到遠方去，我這麼想著，卻一直留在公寓後面的公園裡持續著投接球練習。

「……吶，老爸，我也能夠走到很遠的地方嗎？」

「嗯。」

老爸脫下破破爛爛的帽子，將它牢牢地戴到我頭上為我擋雪——

「你已經來到很遠的地方了。」

他用依舊很難聽清的聲音這麼說，雖然隔著一層厚實的帽子，我卻還是感覺得到老爸寬厚的大手。

四年份的眼淚一口氣流了出來。

海帆　當天　七點〇〇分

枕頭邊的數字鐘響起節制的電子音。

我用緩慢的動作按掉鬧鐘爬出被窩，然後拉開百葉窗，將窗戶打開一條與臉同寬的縫。寒風颳過臉頰，舉目所見之處，白雪將東京染成一片銀白世界，看起來卻仍不滿足。

結果我昨晚完全無法入睡，睡眠不足的臉又熱又重。我將手機解鎖，打開通話紀錄，和十分鐘前一樣，沒有簡訊也沒有電話。

老爸還在醫院裡吧？沒事的，要是有什麼狀況的話，媽媽一定會隨時聯繫我的，沒有任何聯絡正是平安無事的證明。

我自己這麼告訴自己，並且準備好退房。不管我用扯破大衣內裡的狠勁怎麼找都找不到護身符，偏偏我從來沒有一刻像現在一樣這麼想要握住護身符尋求慰藉。慎重起見，我翻了翻褲子的口袋，結果一顆糖果滾了出來。

——千帆。

我將糖果放進口中，黏膩的甜味讓我的眼淚差點掉下來，於是我連忙衝進盥洗室。

「電車停駛了嗎？」

我不由得提高了音量，遇到這種事情任誰都會被嚇到，不過我拉開嗓門說話的原因，是因為不這麼做對方就聽不到。

我到一樓來退房，結果發現大廳彷彿被轟炸過般一片混亂，所到之處人滿為患，每個人都在互相抱怨。

「是的，畢竟這是睽違三十年的大雪，電車的班次似乎大亂了。」

接待處的大叔苦著一張臉，完全沒了之前的從容，彷彿這場大雪是他的責任一樣。

不能搭電車的話，那就搭計程車吧！考場在八點五十分之後禁止入場，所幸現在時間還相當充裕。

「計程車目前也都叫不到車了，叫了不知道什麼時候才會抵達，如果您趕時間的話，我想步行過去是最快的方法。」

大叔在我腦袋尚未轉過來前搶先這麼說，好厲害啊，東京，才稍微下點雪而已就陷入這麼嚴重的恐慌。

「走路過去大概要多久？」

我大聲地告知大叔我要去的地方，只見大叔露出一副感覺連眼鏡都要歪了的苦悶表情，說——

「這、這要花上三十到四十分鐘……」

什麼嘛，不是很近嗎？看他裝模作樣的，我還以為他要宣告的距離有多遠呢，這對都市人來說該不會是很驚人的數字吧？

「我知道了，我走過去。」

「啊，這位客人，請等一下。」

大叔叫住正準備往出口走去的我——

「請用這個。」

並且從櫃檯後拿出一支偌大的黑傘。

「這……」

傘柄上有寫名字，這大概是大叔的私人物品吧。

「這怎麼好意思……」

「沒關係。」

大叔再度把我推回去的傘塞進我手裡——

「加油。」

然後用溫柔的笑容對我點點頭。暖意沁入我心情低落的心裡，越是在這種時候，來自他人的鼓勵越是令人開心。

「謝謝您！」

大聲地這麼說完後，我衝出門外，接著，夾雜著雪花的強風倏地迎面襲來。

這和冬天的海比起來一點都不冷，和鄂霍次克比起來也一點都不冷。

我沙沙沙地踏雪前進，以都市人的腳程要走三十分鐘，那以我在山路上鍛鍊出來的腳力就只要十五分鐘，我到今天才覺得，身為一個鄉下人真是太好了。

╳

結果，還是不太好。

走了十分鐘後，我開始後悔了。

我緊緊握著手機，呆站在一處十字路口前。

怎麼辦，雪中行走我沒有問題，風雪和寒冷也都已經習慣了，可是，路……………路我不認得啊。我都忘了，我是個不會看地圖的女人啊！

我拚命地看著手機上的畫面，原本就看不懂的地圖這下更因為焦急和不安而完全進不了腦袋裡。

怎麼辦，怎麼辦，在東京車站時的惡夢閃過腦海，不行，冷靜下來，先冷靜下來，看看有什麼可以當作記號的建築物……看不到，風雪讓我什麼都看不到啊！

——雪，三十年來最強的大雪。

為什麼？為什麼會是在今天？昨天下或明天下都好啊，為什麼偏偏選在今天？我為了今天一直努力到現在，這一年來一直這麼努力……

不行，不准哭！哭了就看不到地圖了！

我再次看向螢幕畫面，結果手機震動了一下，傳來簡訊的鈴聲。

萬結：我看到新聞了，東京在下大雪對不對？妳不要緊吧？
千尋：妳不要緊吧，認真魔人眼鏡妹！冷靜點，不要慌喔！

——認真魔人眼鏡妹。

萬結，千尋。淚水湧了上來。

我昨天為什麼不認真探路、場勘呢？

雪是從昨天開始下的，為什麼我不先確認好從考場到旅館的路以防萬一呢？平時的我明明會這麼做的，居然還跑去咖啡店吃鬆餅，我在忘形個什麼勁啊？為什麼在最重要的時刻我卻沒有貫徹我的認真呢？

雪越下越大，這肯定是給我的懲罰，這場雪、迷路、爸爸住院和護身符不見，都是我不認真的懲罰。

——咻。

「呀啊！」

一陣強風颳來，奪走了手上的傘。

我試圖站穩腳跟，卻在雪地上一滑，我用手去撐，一跤摔在柏油路上，脫手的傘被風吹到馬路上，我想追上去，正當我準備要衝到馬路上時，卻被迎面劈來的喇叭聲嚇得軟了腳。

雨傘在我的眼前被輾過，緩緩地、緩緩地，一次、兩次、三次、四次……

……大叔的傘。

淚水奪眶而出後，便再也停不下來了。

翔太　八點三十五分

考場是間宛如禮堂的大教室。

裡面大概可以容納兩百人吧？固定式的長桌呈階梯狀排成三排，我對照著准考證，在貼著自己准考證號碼的位子上就座。

還有十五分鐘就停止入場了，大概是由於大雪的緣故，時間所剩不多，空著的位置卻還很多，考官們也一臉不安地交談著，為了阻絕浮動不安的空氣，我閉上眼睛集中精神。

比賽終於要開始了。

帽子上，還殘留著老爸手掌的觸感。

海帆　八點四十分

我在心中大聲歡呼，看來我在繞了一大段遠路後不小心走過頭很多，但如今，紅褐色的鐘塔在大樓與大樓間清晰可見。

「有了！」

離停止入場還有十分鐘。

我奮力跑了起來，踩在迅速融化的雪上，腳下又溼又滑。

即使如此，我還是全速衝刺。

翔太　八點四十八分

離停止入場還有兩分鐘。

考場中充斥著緊繃的緊張感與寂靜，不久前還因為大雪而顯得相當醒目的空位如今已幾乎全被坐滿，然後——

——碰！

一聲巨響，門被打開，最後一位考生急急忙忙地衝了進來。

她似乎相當慌張，這名喘著粗氣的女孩子全身溼透，長筒襪破了，膝蓋正微微地滲著血。

……這女孩跟明依真像。

在考官的催促下，這名戴眼鏡的女孩慌慌張張地往唯一空著的座位跑，我看著她，心中不由得這麼想。

海帆　一分鐘前

趕上了！

我栽倒似的一屁股坐到椅子上，調整凌亂的呼吸。

——冷靜下來。

頭好痛，肺裡也像是有團火在燒一樣，可是，沒事了，受傷的膝蓋隱隱作痛，手指也凍得像是要碎掉一樣。可是，沒事了，我趕上了，不要亂了心神，海帆。

「入場後禁止翻閱所有參考書籍，桌上請留下准考證、鐘錶以及作答用的文具，其餘物品一律收起，請關掉手機電源，考試中手機響起將視為作弊行為，考官會請該考生立刻離場。」

考官在下方遠處的講桌處拿著麥克風朗讀注意事項，我脫下圍巾和大衣，拿出應該關掉電源的手機──

「──」

接著，我的心臟劇烈跳動了起來。

『家中　來電』

不行，我得關掉電源了，我將手機關機後，放進書包裡。

──冷靜下來。

我從鉛筆盒中拿出文具。

──冷靜下來。

這電話是打來告訴我爸爸已經平安回家的，一定是。

——所以，冷靜下來。

再這樣下去，可就要重蹈全國模擬考時的覆轍了，重蹈當時睡眠不足、差點遲到，然後自亂陣腳考得七零八落的覆轍。所以，冷靜下來，冷靜下來——

「……啊！」

橡皮擦從我凍僵的手指間滾落。

——不會吧。

我立刻伸出手去抓，然而卻抓了個空，橡皮擦從桌子旁邊滾下去，我的位子在最上面一層，橡皮擦在瓷磚上跳著、滾著，滾下呈階梯狀的走道，向下、再向下。

——拜託別這樣，我受不了了！

在我連忙想要起身的那一剎那。

「這個給妳用。」

有人遞了一塊橡皮擦給我。

是坐在隔壁的男生。

那個男生留著一頭淺黑色的短髮，身高很高，他的眼神我好像在哪裡看過，那塊粉紅色的貓咪橡皮擦與他格格不入，但是與這兩者相較之下，我的目光卻是定在了這個男生所戴的帽子上。

「那麼，現在開始發下答案卷。那邊那個，請把帽子收進書包裡。」

此時考官的提醒再度傳來——考試中禁止穿著印有英文字的服裝或帽子。

「……抱歉。」

那個男生這麼說，一副現在才發現自己帽子上的刺繡的樣子。接著，他把上頭繡著『Crossroads』的帽子脫了下來。

「——！」

然後，我幾乎是無意識地揪住了那個男生的帽子。

那個男生「……咦？」地眨了眨眼睛，即使如此，我還是沒有放手。

「…………找到護身符了。」

我彷彿聽到爸爸在對我說：「妳一定沒問題的。」

動盪的冬天過去，春天迅速地降臨。

人說春天是相遇與別離的季節。

但是，對於畢業於島上唯一一所小學，進入島上唯一一所國中，並且就讀於附近一帶唯一一所公立高中的我而言，春天向來都只是個結識新朋友的季節。就這層意義上來說，今年或許是我生平第一次真正體驗的春天。

我想到遠方去。

越是這麼希望，面臨的分離大概就會越多吧。

「媽媽，這樣真的好嗎？其實用不著特地再到東京去一趟啊，有沒有上榜可以在網路上查，或是用郵寄……」

「妳在說什麼傻話？」

和十天前一樣到港口來為我送行的媽媽，看著拍在岩壁上的白浪，搖了搖頭。

「妳努力了一年，最後的結果當然要用妳自己的眼睛親眼確認。」

雖然就日曆而言已經迎來了春天，但是這個時期畢竟還是接近冬季，姬座的海浪掀得又高又凶猛。

「就掉在那邊喔，姊姊。」

千帆將短短的手臂伸得直直的，指著碼頭的邊緣。

「姊姊妳的護身符就是掉在那邊，在快要掉進海裡的地方，可是我叫了妳好幾次妳都沒發現。」

「這有什麼辦法，我都已經上船了。」

應該是在我上船前拍紀念照的時候吧？護身符不見一事鬧得那麼誇張，沒想到居然是在我離島前就掉了，丟臉死了。

「手借我一下。」

千帆把我的手拉過去——

『一定會合格』

用油性筆在我的手掌上寫上幾個烏黑大字。

「這一次不要弄丟了喔！」

「……嗯，謝謝。」

這孩子老是被我弄哭，這種時候卻反而是我要被她弄哭了。我又想抱住她了，不過耳邊已經傳來了汽笛聲，於是作罷。

渡輪今天仍然踏著海浪到來，載運著人，載運著生命。

「海帆。」

媽媽看著渡輪，輕輕地摸了摸我的頭。

「妳真的很努力，對媽媽而言，這樣就夠了，不管結果如何，都不可以灰心喪志喔。」

「嗯。」

「妳是我引以為傲的女兒，對爸爸來說也是。」

「…………嗯。」

不行，我不能哭，要哭就等看過榜單之後再全部一起哭，我撐大眼皮看著船，好讓海風幫我把淚水吹乾。

渡輪今天依舊準時靠岸。

舷梯被粗魯地送過來——

「好啦，海帆，快過來，可別掉下去囉！」

老爸粗魯地把手伸過來。

幹麼一副神氣的樣子啊，看來他根本已經完全忘記自己十天前才剛掉進過海裡。

「動作快，海帆！」

爸爸和十天前一樣，伸長了手臂準備抓住我的手。

「不用了～」

我輕巧地閃過那隻手，自己大步流星地走過舷梯。

「喂，海帆。」

「不好意思，我是考生，不想碰一個經常性落海（註12）的人。」
「啊，妳這丫頭——」
聽到我這全力一擊，爸爸不痛快地皺起臉，千帆和媽媽則是拍手大笑了出來。
耶！終於可以擺爸爸一道了！
我意氣風發地跑上二樓的座位。
寒風呼嘯的觀景席上一個人影也沒有，我趁著還沒有人來，和平時一樣朝著坐鎮於大海另一端的劍玉岩雙手合十。
「……謝謝祢守護了爸爸。」
姬座的守護神今天依舊悠然屹立於五島的海上。
劍玉岩很適合演歌，不知道爸爸今天會不會唱給我聽？這是我有生以來第一次覺得，我好想聽爸爸唱的演歌。
引擎聲轟然響起，船身開始搖晃，要出航了。
我把手伸進口袋裡，將指尖碰到的小小觸感拿了出來——粉紅色的貓咪正咧著嘴

註12 「落海」的「落」與「落榜」的「落」動詞相同，日本考生會避諱這類與「落」相關的用詞。

對我笑。

「……好奇怪的橡皮擦。」

不管看幾次都會忍不住笑出來。

碼頭上傳來聲音，是千帆在對我揮手，媽媽也揮著手，於是我也舉起上頭牢牢印著油性墨水的手，用力地揮回去。

這不是離別，今天晚上我還會再回到這裡。

即便心裡明白，我卻還是忍不住不停地揮著手。

翔太　三月

「那，我出門囉。」

「……嗯，路上小心，小翔。」

站在玄關門口回頭一看，只見老媽一臉不安地點了點頭。

「吶，小翔，你一個人真的不要緊嗎？真的不需要媽媽陪你一起去嗎？」

「不用啦。」

「唔~可是可是……」

老媽皺起眉頭，咬著大拇指的指甲——

「不行，我還是去好了，給媽媽五分鐘準備，等我！」

然後一拍大腿，衝進盥洗室。

「不用跟來啦！妳不是值夜班值通宵嗎？去睡覺啦！」

「媽媽怎麼可能睡得著，今天可是小翔一決勝負的日子耶！」

老媽的聲音夾雜在吹風機的聲音裡傳來。

「勝負早就已經結束了，今天只是去看看結果而已。」

「看結果不是更重要嗎？畢竟小翔這一年來這麼努力，媽媽也該做點媽媽該做的事情。」

「妳哪有什麼該做的事情啊。」

「好過分！你怎麼可以說這種話！」

盥洗室的隔間後探出一張眼線只畫了一邊的臉。

「小翔已經不需要媽媽了嗎？」

「妳是怎麼得出這種結論的啊！」

「因為，是小翔你自己這麼說的啊，說媽媽跟去了也沒事幹。」

「實際上就是沒事幹啊，今天只要去確認一下公布欄上有沒有自己的號碼就可以回來了，真的沒什麼事情需要妳幫忙的。我走囉。」

說完後，我打開玄關的大門。

「如果妳無論如何都想做點什麼的話，那就煮好慶祝的料理等我回來吧。」

「討厭啦……剛才那句話是怎麼樣？好帥喔～小翔好帥～再說一次，再一次——」

「我走囉。」

我把慢動作滑落倒地的老媽留在屋子裡，關門。我正覺得冷，就發現戶外在下著小雪。

我記得入學考試那天也下了雪，我一邊回想一邊跑下公寓的樓梯，最後一階則是走得格外慎重以免滑倒。

我今天也要稍微繞點路，於是往後面的公園走去。

寂寥的公園裡今天也依舊空無一人，只有一如往常的鞦韆、溜滑梯和長椅上薄薄地積了一層細雪。

我看著雪花一片片飄落在遊樂器材上，看了好一會兒，才舉步離開無人的公園。

×

穿過最近一站車站的驗票口，來到人行道上後，我才發現附近一帶的道路擠滿了遠比想像中更多的學生，雖然說現在已經是個能夠以郵寄信件或網路查詢確認有沒有上榜的時代，但是對於大多數的考生而言，這畢竟是一年來努力的成果，還是應該特地到大學來親眼確認才行，而我自己也是這種古板考生的其中一員。

我從口袋裡抽出一紙茶色信封，把凍僵的手指伸進去，從裡面拿出一張照片來——這次的拍攝地點也是在日本。

『我的母校』

照片後方用獨特好認的筆跡這麼寫著，我用右手擋住光，把照片和大樓對面的紅褐色鐘塔並列在一起對照——照片果然是在這裡拍的。

我把照片收進信封放進口袋，然後邁開步伐往前走。

我在老媽面前雖然是那麼說的，不過說不緊張是騙人的，我調整了一下帽簷把帽子戴正，一步步踏在積雪的柏油路上。

宛如比賽一樣，不管是什麼樣的比賽、對手是誰，登上投手丘時我總是很緊張，只有在——沒錯，只有在那座公園裡跟老爸一起打球時，我才能夠冷靜投球。

這麼說起來，曾經有一次，我問了老爸他帽子上的英文是什麼意思。

「意思是十字路口。」

我記得當時也在下雪，老爸嘴裡吐著白色的煙霧這麼回答。

「人生不是一條路走到底，而是由許許多多的道路交錯重合，人們就是這麼在不斷的迷失與繞圈子中朝目的地邁進。」

向來寡言的老爸只有在這種時候會特別多話。

這間大學的象徵——那道漆成紅色的門漸漸、漸漸接近，我腳下踩著的這條道路，前方會與什麼樣的道路重合呢？

「……那個。」

冷不防地，有人從背後叫住我，我停下腳步，回頭一看。

「我們果然又見面了。」

八重櫻樹下，一個肩膀上積了雪的女孩子站在那裡，這個女孩子我好像在哪裡見過。

「那個，之前謝謝你了。」

她突然深深地對我一鞠躬。

「咦？這……？」

「啊，你不記得了嗎？」

您是哪位？這句話我問不出口，只能愣在原地。那女孩似乎覺得我很奇怪，於是抬頭看著我——

「你忘了啊？我們坐隔壁。」

並且從口袋裡拿出一塊貓咪橡皮擦。

「喔喔！」

記憶彷彿突然點亮一盞明燈。對了，是那個女孩子！

我記得她，她就是那個戴眼鏡的女孩子——她在快要停止入場時千鈞一髮地邊哭邊衝進教室，後來她的手機震動起來，她弄掉了橡皮擦，還有就是，在考試開始的那一瞬間，她用驚人的氣勢開始解題。她就是當時那個突然抓住我的帽子的女孩子。

「當時非常謝謝你，多虧有你的幫忙。」

「啊啊……嗯。」

「我總覺得應該可以遇見你，所以一直在這裡等。」

說完後，她的臉上綻出一抹明亮的笑容。

「這樣啊……」

真是個不可思議的人，看著她的笑容，不知道為什麼，我有種離不開視線的感覺。這種好像在哪裡體會過的感覺，究竟是什麼？

「還有就是，除了道謝之外，其實我還有件事情想拜託你……」

「拜託我？」

「是的。」

她抬頭看了我的帽子一眼，然後很不好意思地別開視線——

「可以請你跟我一起去看榜單嗎？」

即便如此，她還是用明確清晰的語調這麼說。

「看榜單？」

「是的，雖然我很耍帥地把護身符留在家裡人就來了，不過沒帶在身上果然還是會害怕……」

「護身符……？」

啊啊，對了，這種感覺我想起來了，就是那張照片，老爸寄來的那張十字形的岩石的照片，第一次看到那張照片時，我也陷入一種和現在同樣的感覺中。

「不行……嗎？」

「我倒是無妨……」

聽到我這麼回答後——

「真的嗎！」

她露出一抹我好像曾經在某個時間、某個地點見過，彷彿夏天太陽般的燦爛笑容。

「太好了！謝謝你！那，我們快走吧，快快快！」

說完後，她迫不及待地邁出步伐，彷彿已經確定自己一定會上榜似的。

倘若人生是重合的道路的延續，那麼，像今天這樣無預警地交會的兩條道路，會將我、會將她引導到什麼地方呢？

「那個……」

她又冷不防地轉過頭來，像她出聲向我搭話時一樣毫無預警地問。

「我們之前，是不是曾經在哪裡見過呢？」

又或許，那條道路在這一刻，已經完全重合了。

後記

感謝您閱讀到這裡，我是作者桐山成人。

這本書是我第一次將原作劇本小說化的作品，我從中獲益良多。

第一次聽說這個企劃時，我的反應是抱頭傷腦筋地想：「要把一則一百二十秒的廣告變成一整本書的故事!?」，不過後來《十字路口》帶給我的畫面越來越多，所以我個人在寫作的過程中是非常開心的，新海監督、Z會，真的非常感謝你們。

這部作品的主題是大學考試。

因此，我在著手動筆時也試著回想了自己重考大學的那段時期。

高中三年級時的我沒什麼人生志向，基於「班上同學每個人都是這樣」這個單薄的理由，我連書都沒怎麼認真念就去報考了好幾間大學，最後果不其然地落榜了，我至今還記得，當時的我明明連書都沒認真念，卻還是很入戲地因此沮喪不已。

隔年，成為重考生的我依然沒有任何人生志向，但是卻在沒有任何人生志向的情況下告訴自己，至少要以自己能達到的高度為目標，於是開始發憤念書。

這段在人生中長達一年的期間內，我被允許只專注於一件事情上，這種環境是難能可貴、可遇不可求的，或許正是因為如此，我在不知不覺間越來越樂在念書準備考試之中，我有明確的目標、努力的結果會以肉眼可見的形式呈現出來、還有一同努力的夥伴，世界上還有比這更幸福的事情嗎？

雖然，結果我還是沒能像《十字路口》裡的登場人物們一樣，堅持著自己的志向走到最後，即便如此，我至今仍然認為，我的青春就在我當重考生的那段時期裡。

如果閱讀了本書的讀者當中，有接下來要開始閉關準備大考的人，那請您務必要好好享受準備考試的這個過程，考大學對於絕大多數的人來說，都是只有在人生中的某一特定時期才會造訪的一大盛事，這是場遠比四年一度的奧運或世界盃更稀少的祭典，而且，主角就是您，請您把它當作一場祭典，盡情地去享受吧！

至此擱筆。

嬉文化

十字路口 in their cases

（クロスロード in their cases）

原　作／新海誠　作　者／桐山成人　譯　者／張乃文
發行人／黃鎮隆　副總經理／陳君平
總編輯／洪琇菁　國際版權／黃令歡
執行編輯／楊國治　美術編輯／陳又荻
企劃宣傳／邱小祐、劉宜蓉　內文排版／謝青秀

出　版／城邦文化事業股份有限公司　尖端出版
台北市中山區民生東路二段一四一號十樓
電話：（〇二）二五〇〇—七六〇〇
傳真：（〇二）二五〇〇—二六八三
E-mail：7novels@mail2.spp.com.tw

發　行／英屬蓋曼群島商家庭傳媒股份有限公司城邦分公司　尖端出版
台北市中山區民生東路二段一四一號十樓
電話：（〇二）二五〇〇—七六〇〇（代表號）
傳真：（〇二）二五〇〇—一九七九

中彰投以北經銷／楨彥有限公司（含宜花東）
電話：（〇二）八九一九—三三六九
傳真：（〇二）八九一四—五五二四

雲嘉經銷／智豐圖書有限公司　嘉義公司
電話：（〇五）二三三—三八五二
傳真：（〇二）二三三—三八六三
客服專線：〇八〇〇—〇二八—〇二八

南部經銷／智豐圖書有限公司　高雄公司
電話：（〇七）三七三—〇〇七九
傳真：（〇七）三七三—〇〇八七

一代匯集／香港九龍旺角塘尾道六十四號龍駒企業大廈十樓B&D室
電話：（八五二）二七八三—八一〇二
傳真：（八五二）二五八二—一五二九
E-mail：hkcite@biznetvigator.com

新馬經銷／城邦（馬新）出版集團Cite（M）Sdn. Bhd.
E-mail：cite@cite.com.my

法律顧問／王子文律師　元禾法律事務所
台北市羅斯福路三段三十七號十五樓

二〇一七年三月一版一刷
二〇一九年十一月一版四刷

First published in Japan in 2014 by KADOKAWA CORPORATION ENTERBRAIN
Chinese translation rights arranged with KADOKAWA CORPORATION ENTERBRAI

郵購注意事項：
1. 填妥劃撥單資料：帳號：50003021戶名：英屬蓋曼群島商家庭傳媒(股)公司城邦分公司。2. 通信欄內註明訂購書名與冊數。3. 劃撥金額低於500元，請加附掛號郵資50元。如劃撥日起 10～14日，仍未收到書時，請洽劃撥組。劃撥專線TEL：(03)312-4212 ・ FAX：(03)322-4621。E-mail：marketing@spp.com.tw

國家圖書館出版品預行編目資料

十字路口 / 新海誠, 桐山成人作 ; 張乃文譯.
-- 1版. -- 臺北市 : 尖端出版 : 家庭傳媒城邦分公司發行, 2017.03
面 ; 公分
譯自 : クロスロード
ISBN 978-957-10-7267-8(平裝)

861.57 106000481